奥州小路

[日] 松尾芭蕉 著
陈 岩 译
傅益瑶 绘

青岛出版社

图书在版编目（CIP）数据

奥州小路：汉、日/（日）松尾芭蕉著；陈岩译；
傅益瑶绘. —— 青岛：青岛出版社，2021.3
ISBN 978-7-5552-4526-1

Ⅰ.①奥… Ⅱ.①松…②陈…③傅… Ⅲ.①散文集－
日本－现代－汉、日 Ⅳ.①I313.65

中国版本图书馆CIP数据核字(2021)第015214号

奥 州 小 路
AOZHOU XIAO LU

书　　名	奥州小路
著　　者	[日]松尾芭蕉
译　　者	陈　岩
绘　　者	傅益瑶
出版发行	青岛出版社
社　　址	青岛市海尔路182号（266061）
本社网址	http://www.qdpub.com
邮购电话	13335059110　（0532）68068026
策　　划	刘　咏　杨成舜
责任编辑	杨成舜
特约编辑	王　伟
封面设计	今亮后声
照　　排	青岛新华出版照排有限公司
印　　刷	青岛海晟泽印刷有限公司
出版日期	2021年3月第1版　2021年3月第1次印刷
开　　本	32开（889mm×1194mm）
印　　张	7.75
字　　数	110千
印　　数	1—5000
书　　号	ISBN 978-7-5552-4526-1
定　　价	49.00元

编校印装质量、盗版监督服务电话　4006532017　0532-68068050
上架建议：日本文学经典·畅销

序一

陈岩教授寄来了最新译著《奥州小路》书稿，希望我能为该书作序。在深感荣幸的同时，我感到的是深深的不安。因为无论是《奥州小路》本身还是译文的水平，都远不是才疏学浅的我能简单评价的。

《奥州小路》是日本著名俳句诗人、在日本被称作俳圣的松尾芭蕉（1644—1694）的一篇游记。它不仅被称为是日本古典文学作品中最高水平的游记，也是松尾芭蕉文学的巅峰所在。1689年5月16日（阴历3月27日），46岁的松尾芭蕉与弟子河合曾良一起从位于江户（现东京）深川的采茶庵出发，出游日本的东北地区和北陆地区，历时约150天。《奥州小路》就是这段历程的游记，松尾芭蕉以细腻的文笔和真实的感觉记录了旅程的所见所闻，并创作了大量著名的俳句。《奥州小路》中的散文、俳句是松尾芭蕉文学中最为宝贵、最能体现芭蕉风格的作品，自1702年出版以来一直被奉为文学精髓。谈日本文学，不能不谈俳句，谈俳句不能不谈松尾芭蕉，而谈松尾芭蕉，不能不谈《奥州小路》。可以说，芭蕉本人精深的中国古典文学造诣以及特有的俳句理念、细

微至极的创作手法等都凝缩在《奥州小路》之中。不仅如此，芭蕉走过的"奥州小路"也已成为较著名的观光路线之一，以"奥州小路"为名的料理店也是最为高雅别致的。芭蕉不仅留下了宝贵的精神遗产，也留下了大量的物质遗产。

芭蕉的《奥州小路》散文使用的是诗一样的语言，创作的俳句本身是最精美、最短小的日本特有的诗歌体裁。读日语原文本身很难，能够理解俳句的韵律、感觉到《奥州小路》那扑面而来的真实与感动也非易事。而要把它译成中文，把上面所说的所有"精深"之处体现在译文中就更是难上加难了。

陈岩教授挑战的就是这难上之难。他不仅用精美的语言把《奥州小路》的散文部分译出，最为可贵之处是把其中的所有俳句也全部用统一的汉俳（与日语17个音节5、7、5的排列韵律相同，也用17个汉字5、7、5的）形式译出，令人震惊，令人赞叹！译古代散文难，译诗歌更难。一句诗可以让人回味一生，把它翻译成另一种语言时必须要有同样的效果。没有与原作者的共鸣，没有对作品所产生的背景的深刻理解与认识，没有高水平的中日文素养是不可能的。把俳圣松尾芭蕉的俳句翻译出来，把他的巅峰之作《奥州小路》翻译出来，让人感受到他旅途中的所见所闻，让人感受到那扑面而来的真实与感动，让人感受到俳句之美、松尾芭蕉之伟大，是每一个日本古典文学研究者和翻译者的最高梦想。但是，遗憾的是真正能实现梦想的人，可谓凤毛麟角。

而陈岩教授就是其中之一。

当然，对于诗歌，特别是俳句，不同的人会有不同的理解，翻译成中文的体裁也各有不同。

文如其人，对我而言，陈岩教授不仅是成果颇丰的日语教授、日本诗歌的翻译家，也是一位有着诗人激情的学者，一位可以从其身上学习到很多东西、感受到魅力、感受到真实与感动的朋友。

这本译著还有一个特点，就是对于原著的许多难以理解之处以及背景知识等做了详尽的注释，读者可以通过这些更加准确地理解原文，品味译文。从各种意义上来讲，这本译著是日语专业师生以及广大文学研究者、爱好者不可不读的好作品。

如上所述，《奥州小路》作为一部日本古典文学的名著，读起来很难，要把它译成中文并达到精深更难。但是陈岩教授用他娴熟驾驭中日两国语言的能力，用那诗人般的激情与真实成功地挑战了这难上加难的翻译，获得了成功，实在难得。而为这样一本书写序或许是很难的。与其费笔赘言，不如请大家来读译著。因深知其难，只好就此止笔。是为序。

修刚

序二

日本散文,源远流长,丰富多彩。

远在10世纪,清少纳言根据官中的生活体验,写成了《枕草子》。她描绘宫廷见闻、季节变化、世态风俗,文笔鲜活生动,显示出高度的艺术才华。

中世纪,鸭长明的《方丈记》与吉田兼好的《徒然草》相继问世。他们都曾仕于朝,后失意出家隐居。他们笔致简洁枯淡、思想深邃,幽玄朦胧,格调高逸,故有隐士文学之称。

日本散文,形式多样,题材丰富,天地万物,皆可入文,日记、纪行文尤为发达,其中松尾芭蕉成就辉煌。他不仅发展了日本古典韵文,创立了闲寂幽雅的蕉风,被誉为俳圣,还浪迹天涯,写下《野曝纪行》《鹿岛纪行》《笈之小文》《更科纪行》《奥州小路》《嵯峨日记》等诗文并茂、超凡脱俗、典雅苍凉的游记。

近代以来,受西方思想的启迪影响,日本散文改变了古代对风花雪月的低吟浅唱、沉湎于山水诗文之风,开始探索人性、人生,具有强烈的自我意识,如岛崎藤村的《千曲川速写》,德富芦花的《自然与人生》,国木田独步的《武藏野》等。

当代日本文坛，名家辈出，佳作如林。很多科学家、艺术家、学者也辛勤创作，使散文更加丰富广阔，甚至随手翻开日本的报纸杂志，说不定就能看到一篇使你怦然心动的美文。我以为，散文发达是文学繁荣的标志。在日本人的精神生活中，散文如米饭、大酱汤、萝卜咸菜，是必不可少的家常便饭。

本书译者是我学长，高我一级。在校读书时，虽认识，但并不熟悉。毕业后，他从事日语教学，我到机关工作，但不时在报刊上见到他的文章，发现他是通才。他编写多部日语教程，研究翻译理论，翻译日本古典、现代文学作品，写作家专论……

记得好像是在国际交流基金会于北京举行的一次招待会上，我们相遇，相谈甚欢，从此开始联系。我手边有他的《学译罩思录》《日本历代著名诗人评介》等书。我每有新书出版，也怀着交作业般的心情，呈请他教正。使我感动的是，他看到我的散文集《关东杂煮》后，发表了一篇很长的评论文章《一道色香味俱全的文化大餐》。从文中可看出，他认真看了每一篇文章，之后分门别类，爬梳分析，评论长短得失，充满了兄长般的鼓励和希望。

在世风浮躁、真诚日益稀薄的今天,其殷殷之情,严谨治学的精神,难能可贵,值得我学习。

学长嘱我为他的新书写序,陷我于两难:写则为僭妄;不写又有不识抬举之嫌。犹豫许久,只好勉为其难。我不知现在日语教学中有无古典文学,但愿学子通过阅读名家名作、名译,对古典文学产生兴趣。是为序。

陈喜儒

目录

序一   01
序二   04

奥州小路

一、漂泊之意   003
二、启程   007
三、草加   011
四、室八岛   013
五、佛五左卫门   015
六、拜谒日光   017
七、那须原野   025
八、黑羽   027
九、云岩寺   029
十、杀生石   033
十一、清水柳（芦野之乡）   037
十二、白川关   041
十三、须贺川   043
十四、浅香沼   047

十五、忍草乡	049
十六、佐藤庄司旧址	051
十七、饭塚	053
十八、笠岛	055
十九、武隈松	059
二十、宫城野	063
二十一、壶碑	067
二十二、末松山、盐釜浦	069
二十三、盐釜明神	071
二十四、松岛湾	073
二十五、雄岛矶	075
二十六、瑞岩寺	077
二十七、石卷	079
二十八、平泉	081
二十九、尿前关	087
三十、尾花泽	093
三十一、立石寺	097
三十二、大石田	101
三十三、最上川	103
三十四、羽黑山	107
三十五、月山、汤殿	111
三十六、酒田	121
三十七、象潟	125
三十八、越后路	133
三十九、市振关	137

四十、那古浦	141
四十一、金泽	145
四十二、小松	149
四十三、那谷	153
四十四、山中温泉	157
四十五、全昌寺	163
四十六、汐越松、天龙寺、永平寺	167
四十七、福井	169
四十八、敦贺	171
四十九、种滨	175
五十、大垣	179

译后记	182

奥州小路
おくのほそ道①

---

① 奥州小路：原为奥州地区羊肠小道之意，芭蕉时代演变成特指的一条道路，即从仙台市东北部、旧岩切村今市始，到多贺城町市川的道路。芭蕉取此为书名，意在暗示旅途的漫长、寂寥。芭蕉旅经之地，已大大超出了上述范围。

一、漂泊の思い

　月日は百代の過客にして①、行かふ年も又旅人也。舟の上に生涯をうかべ、馬の口とらえて老をむかふる物は、日々旅にして旅を栖とす。古人②も多く旅に死せるあり。予もいづれの年よりか、片雲の風にさそはれて、漂泊の思ひやまず、海浜にさすらへ、去年③の秋江上の破屋④に蜘の古巣をはらひて、やや年も暮、春立る霞の空に白川の関⑤こえんと、そぞろ神の物につきて心をくるはせ、道祖神⑥のまねきにあひて、取もの手につかず。もも引の破をつづり、笠の緒付かえて、三里⑦に灸すゆるより、松嶋⑧の月先心にかかりて、住る方は人に譲り、杉風が別墅⑨に移るに、

　　草の戸も住替る代ぞひな⑩の家

　面八句⑪を庵の柱に懸置。

---

① 借用李白《春夜宴从弟桃李园序》"夫天地者，万物之逆旅；光阴者，百代之过客。而浮生若梦"中句。
② 指芭蕉素来敬慕的诗人，如中国的杜甫、李白，日本的西行、宗祇等。
③ 指结束更科旅行回到江户的贞享五年（1688年）。
④ 指位于隅田川畔的芭蕉庵。
⑤ 白川关，通往奥州的关隘。（详见本书篇目十二）
⑥ 路神，为设在村境、山冈、十字路口、桥旁等保当地平安之神。这里指行路神，保旅途平安之神。

一、漂泊之意

　　日月如百代过客，去而复返，返而复去。艄公穷生涯于船头；马夫引缰辔迎来老年，日日羁旅，随处栖身。古人毕生漂游，逝于途次者屡见不鲜。吾不知自何日始，心如被风卷动的流云，漫游之志难以遏止。吾尝延宕于遥远的海疆，去秋，始返回隅田川畔的陋室。拂去蛛丝尘网，暂且栖居。倏尔，岁暮春归，霞光泛彩，便又想跨越白川之关。兴起，如鬼使神差，心旌摇曳，又似路神之邀，急切难耐。于是，吾补缀破袴，更换笠带，施艾灸于足三里，而松岛之月早浮荡胸间。吾卖却旧居，移迁杉风别墅。

　　　　草庐易新主
　　　　适值三月列人偶
　　　　荒凉变丽都

　　行前，吟起首八句抄就挂于庵柱之上。

---

⑦ 足三里，穴位名。传说用艾灸灸此穴位可使腿脚强健。
⑧ 松岛，指位于今宫城县的松岛湾，湾内有260余个形状不同的小岛。日本三景之一。（详见本书篇目二四、二五、二六）
⑨ 杉风本名杉山杉风，"蕉门十哲"之一。别墅指位于深川六间堀西侧的采茶庵。
⑩ 日本每年三月三日女儿节（原依阴历，今据阳历）有陈列偶人的习俗。
⑪ 百韵连句写在第一张纸上的首八句。连句，俳谐的基本形式，一卷百句。

二、旅立ち

　弥生①も末の七日②、明ぼのの空朧々として、月は在明にて光おさまれる物から、不二の峯幽にみえて、上野・谷中③の花の梢、又いつかはと心ぼそし。むつましきかぎりは宵よりつどひて、舟に乗て送る。千じゅ④と云所にて船をあがれば、前途三千里⑤のおもひ胸にふさがりて、幻のちまたに離別の泪をそゝぐ。

　　行く春や鳥啼魚の目は泪

　是を矢立の初として行道なをすゝまず。

　人々は途中に立ならびて、後かげのみゆる迄はと見送なるべし。

---

① 阴历三月。本文中所有月份，都为阴历。
② 下旬第七日，即二十七日。
③ 上野、谷中均为今东京都台东区地名，古来就是樱花胜地。
④ 千住，今东京都足立区千住町。当时为通往奥州及日光道路上的第一个驿站。
⑤ "三千里"为汉诗文中常用夸张说法。

二、启程

农历三月二十七日拂晓,天色朦胧,残月光微。远处富士之峰若现若隐,眼前上野、谷中樱树枝梢清晰可见。观此令人心绪不宁,真不知何日才能重睹这远山近樱。昨夜,亲朋故旧尽聚,今晨一起登舟相送。行至千住,舍舟登岸,念及前程遥遥,感慨万端,虽悉知人生不过如梦幻,但一旦别离,仍止不住泪水长流。

> 一春又将去
> 游鱼目含汪汪泪
> 鸟啼声凄凄

此句作为行吟开篇,就道前行,但离情萦怀,步履滞重。亲友们该正列于道中目送,直至望断吾等身影。

三、草加

　ことし元禄二󠄀①とせにや、奥羽②長途の行脚只かりそめに思ひたちて、呉天に白髪③の恨を重ぬといへ共、耳にふれていまだめに見ぬさかひ、若生て帰らばと、定なき頼の末をかけ、其日漸草加④と云宿にたどり着にけり。瘦骨の肩にかれる物先くるしむ。只身すがらにと出立侍を、帋子一衣⑤は夜の防ぎ、ゆかた・雨具・墨・筆のたぐひ、あるはさりがたき餞などしたるは、さすがに打捨がたくて、路次の煩となれるこそわりなけれ。

---

① 元禄二年（1689 年），芭蕉时年 46 岁。
② "陆奥"和"出羽"之略，为今日本东北六县。
③ 芭蕉借南宋魏庆之著诗话集《诗人玉屑》所载闽僧可士《送僧》诗中"笠重吴天雪，鞋香楚地花"句意，表旅次遥远艰辛。
④ 今埼玉县草加市。距千住约 10 千米，为当时奥州道上的第二个驿站。
⑤ 纸衣，用厚纸做的衣服，当时用于旅行、防寒。

三、草加

　　今年，即元禄二年，吾忽生去奥州做长途旅行之念，虽然明知此行要受吴雪染白黑发之苦，但还是渴望一睹那久闻未见的土地。倘能生还，亦可谓人生乐事。怀着一线渺茫的希望，跋涉重重山关，这天终于抵达草加。瘦骨嶙峋的肩头背着沉重的行囊，首先使吾难耐。本来打算空身上路，但夜里御寒的一件纸衣、浴衣、雨具、笔墨文具，以及推辞不掉的赠别礼物，总是不忍将它们丢弃。这些什物，合成重负，使吾吃尽苦头，但却毫无摆脱良策。

四、室の八嶋

　室の八嶋①に詣す。同行曾良②が曰く「此神は木の花さくや姫の神③と申て、富士一躰④也。無戸室に入て焼給ふちかひのみ中に、火々出見のみこと⑤生れ給ひしより、室の八嶋⑥と申。又煙を読習し侍もこの謂也」。将、このしろといふ魚を禁ず⑦。縁起の旨、世に伝ふ事も侍し。

---

① 指下野国都賀郡惣社村（今栃木县栃木市惣社町）的大神神社，也称室八岛大明神。
② 河合曾良，信浓（今长野县）人，曾仕于伊势长岛藩，辞官后到江户入芭蕉门下，颇受芭蕉信赖。
③ 木花开耶姬，（神话中）大山祇神之女，琼琼杵尊之后。
④ 指室八岛与富士山麓浅间神社供奉同一尊神，即木花开耶姬，谓一体分身。
⑤ 彦火火出见尊，相当于神武天皇祖父之神。《古事记》《日本书纪》载：木花开耶姬与琼琼杵尊结婚，一夜怀孕，被疑不贞，姬怒进一无门房间，发誓曰，如果所怀不是皇孙之子，将被烧为灰烬。就在烈火中，彦火火出见尊诞生了。

四、室八岛

参拜室八岛,旅伴曾良说:"此神社与富士浅间神社供奉同一尊神,名为木花开耶姬。传说她进入四壁严封的室中,点火焚身,为誓曰,如有不贞,当被焚为灰烬。誓间,彦火火出见尊在烈焰中降生了。于是,这里得名为室八岛。在吟咏室八岛的和歌里,咏烟已成为习惯。"这里还禁食鳙鱼。上述关于室八岛神社起源之传说,已广传于世间。

⑥ "室"指无门窗的屋子;"ヤシマ"(八嶋)为"かまど"(竈)的古语,指大釜。由于木花开耶姬在烈火燃烧的屋子里安产,如坐大釜,故称"室之八岛"。
⑦ 曾良向芭蕉说,因为烤鳙鱼与烧尸的气味相同,为怀念木花开耶姬,此处禁食烤鳙鱼。据说,供奉同一神灵的浅间神社则把鳙鱼作为神的使者,信徒不食鳙鱼。

五、仏五左衛門

　卅日①、日光山の梺②に泊る。あるじの云けるやう「我名を仏五左衛門と云。万、正直を旨とする故に、人かくは申侍まま、一夜の草の枕も、打解けて休み給へ」と云。いかなる仏の濁世塵土に示現して、かかる桑門の乞食巡礼ごときの人をたすけ給ふにやと、あるじのなす事に心をとどめてみるに、唯無智無分別にして、正直偏固の者也。剛毅木訥の仁③に近きたぐひ、気稟の清質最も尊ぶべし。

---

① 元禄二年三月为小月，只有二十九天，无三十日。据《曾良旅日记》载，应为四月一日。
② 据《曾良旅日记》载，四月一日午后游览日光后，宿上钵石町的五左卫门客栈。
③ 语出《论语·子路》"刚毅木讷，近仁"。

五、佛五左卫门

三月三十日，宿于日光山麓。居停主人道："吾乃佛五左卫门。因处世以正直为先，故而得名。今晚，虽食席简陋，却请宽心休憩。"啊，何方神祇，灵托生人，降临于混浊尘世，助我这如丐的云游僧人？细观主人举止，全无睿智颖慧，只是一派正直。可谓"刚毅木讷，近仁"，天成朴拙正直，令人肃然起敬。

六、日光参詣

　卯月朔日①、御山②に詣拝す。往昔此御山を「二荒山」③と書しを、空海大師④開基⑤の時、「日光」⑥と改給ふ。千歳未来をさとり給ふにや、今此御光一天にかかやきて、恩沢八荒にあふれ、四民安堵の栖、穏なり。猶、憚多くて、筆をさし置ぬ。

　　あらたうと青葉若葉の日の光

　黒髪山⑦は霞かかりて雪いまだ白し。

　　剃捨て黒髪山に衣更⑧　　曾良

　曾良は河合氏にして惣五郎と云へり。芭蕉の下葉に軒をならべて、予が薪水の労をたすく。このたび松しま・象潟⑨の眺共にせん事を悦び、且は羇旅の難をいたはらんと、旅立暁、髪を剃て墨染にさまをかえ、惣五を改て宗悟とす。仍て黒髪山の句有。「衣更」の二字力ありてきこゆ。

---

① 阴历四月一日，这天应为阳历五月十九日。
② 日光山，因有祭祀德川家康的东照宫，故说成"御山"。
③⑥ 二荒山、日光山，日语"二荒"与"日光"读音相同。
④ 空海大师，即弘法大师（774—835），平安时代高僧，曾赴唐留学，真言宗之开山祖。
⑤ 开基建寺者实为同时代下野国（今枥木县）僧人胜道上人。
⑦ 黑发山，日光群山主峰"男体山"的别称，海拔2486米。
⑧ "衣更"为日本传统民俗活动，阴历四月一日改春装为夏装，十月一日改秋装为冬装。
⑨ 松岛、象潟为奥羽地区两大景区，是芭蕉此次出游的主要目的地。（详见本书篇目二四、二五、二六、三七）

六、拜谒日光

四月一日,拜谒神山日光。古时,此山书作二荒山,空海大师在此开基造寺之时,改名日光。大师当时可能已预见千载后未来之日,现在日光东照宫威光普照天下,恩泽被及八荒。士农工商安居乐业,一片太平盛世景象。尽管此山该大书特书,但对神山圣地,不敢轻易舞文弄墨,就此搁笔。

> 日射万丈光
> 照到青青新叶上
> 令人生景仰

黑发山腰缠彩霞,峰顶白雪却依然。

> 削发着缁衣
> 旅路急临黑发山
> 春服换夏衫

(曾良)

曾良君姓河合,名惣五郎,居住在吾芭蕉草庵附近。他曾助吾料理炊事。此次远游,他欣然前往,为吾旅伴,与吾共览松岛美景,同赏象潟风光,亦为减轻吾旅途之苦。启程的那日早晨,他竟削发更墨衫僧衣,改名为宗悟,因此有"黑发山"之

甘余丁⑩、山を登つて滝有。岩洞の頂より飛流して百尺千岩の碧潭に落たり。岩窟に身をひそめ入て、滝の裏よりみれば、うらみの滝と申伝え侍る也。

　　暫時は滝に籠るや夏の初⑪

---

⑩ "丁"为日本长度单位，1丁约109米。后边日文中出现的表示距离的"里"同为日本长度单位，1里约3927米。译文中出现的距离均是换算成中国长度后的概数，1里约等于中国长度8里。

⑪ 即"夏行""夏篭り""夏安居"，指僧侣在每年的四月十五日至七月十五日戒外出，居一室之中修行。

句。"更衣"一词不单指应季更衣,还蕴含着出家遁世的感慨,可谓字重千钧,寄托遥深。

从社殿往上登四里余,忽见一瀑布,从岩洞上方飞流直泻百尺余,堕入千岩层叠的碧潭中。若潜身入洞,可从洞里往外观赏瀑布,故叫作"里见瀑布"。

小处瀑穴中

观瀑形神俱爽清

宛如夏修行

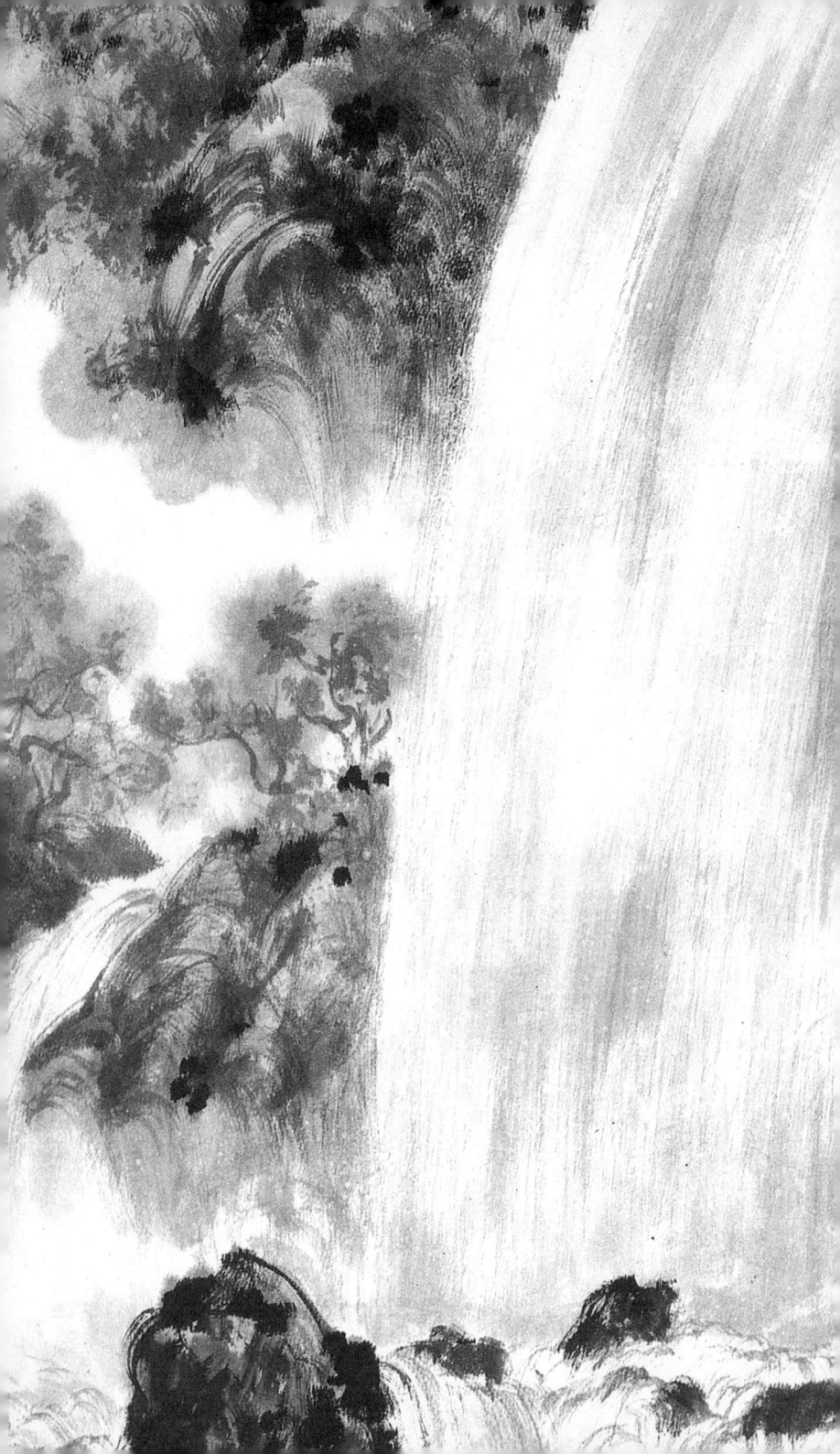

七、那須野

　那須①の黒ばね②と云所に知人③あれば、是より野越にかかりて、直道をゆかんとす。遙に一村を見かけて行に、雨降、日暮る。農夫の家に一夜をかりて、明れば又野中を行。そこに、野飼の馬あり。草刈おのこになげきよれば、野夫といへども、さすがに情しらぬには非ず。「いかがすべきや。されども此野は縦横にわかれて、うゐうゐ敷旅人の道ふみたがえん、あやしう侍れば、此馬のとどまる所にて馬を返し給へ」と、かし侍ぬ。ちいさき者ふたり、馬の跡したひてはしる。独は小姫にて、名を「かさね」と云。聞なれぬ名のやさしかりければ、

　　かさねとは八重撫子④の名成べし　　曾良

　頓て人里に至れば、あたひを鞍つぼに結付て、馬を返しぬ。

---

① 那须，今枥木县那须郡一带。
② 黑羽，今那须郡黑羽町。
③ 即下篇出现的翠桃。
④ "撫子"即红瞿麦，自《源氏物语》以来，常见以可爱的瞿麦花比喻孩子。

七、那须原野

因那须黑羽住有熟人，故决定由日光穿越那须原野，取近道直行。遥见一村落，行进之间，下起雨来，天色也昏黑下来。于是，在农家借宿一夜，天明又继续在原野中赶路。此时，见有一匹牧马，吾等便走到割草的农夫跟前，向他求助。此人虽为山野村夫，但却通晓人情，他沉吟道："怎么办好呢？这原野中小路纵横交错，初来此地者很容易迷路，你骑上我的马，当马停下来时，把它轰回来就可以了。"说完，把马借给了我们。此农夫的两个孩子跟马跑了过来，其一是女孩。曾良问她的名字，答曰"阿重"。这么优雅的名字，在荒村僻地难得听到，曾良吟曰：

   阿重小女娃
   生长僻地名却佳
   重瓣瞿麦花

          （曾良）

不久，来到村口，吾等把脚钱系在鞍上，将马放回。

八、黒羽

　黒羽の館代①浄坊寺何がし②の方に音信る。思ひがけぬあるじの悦び、日夜語つゞけて、其弟桃翠③など云が、朝夕勤とぶらひ、自の家にも伴ひて、親属の方にもまねかれ、日をふるまいに、日とひ郊外に逍遙して、犬追物④の跡を一見し、那須の篠原をわけて、玉藻の前⑤の古墳をとふ。それより八幡宮⑥に詣。与一⑦扇の的を射し時、「別しては我国氏神正八まん」とちかひしも、此神社にて侍と聞ば、感応殊しきりに覚えらる。暮れば桃翠宅に帰る。

　修験光明寺⑧と云有。そこにまねかれて、行者堂⑨を拝す。

　　夏山⑩に足駄を拝む首途哉

---

① 代領主。
② 浄坊寺某，指浄法寺図书高胜，俳号秋鸦。
③ "桃翠"为"翠桃"之误，即図书高胜之弟。
④ 骑马射犬，放狗于栏中，骑马追射，为镰仓时代盛行的一种竞技。
⑤ 玉藻前，金毛九尾狐所变美女的名字。其成为鸟羽天皇之妃，后被识破，逃至那须原被射。其魂化作杀生石，鸟虫触石即死。
⑥ 八幡宫，指位于今大田原市南金丸的那须神社。

八、黑羽

在黑羽，访问了代领主净坊寺某。对吾等的突然造访，主人不胜欢欣，同吾等彻夜交谈，兴致不减。其弟翠桃等人亦朝夕来访，情意恳切。翠桃还将吾等邀至其家甚至亲戚家。就这样，过了数日。一日，漫游黑羽郊外，首先看了"骑马射犬遗迹"；穿过那须的细竹林，在踏访"玉藻前"古墓之后，又拜谒了八幡宫。昔日那须与一宗高箭射扇的时，曾祷告道："特恳请我乡土神正八幡保佑！"听说与一求告的正是此神社时，吾心中格外感动。因日暮天晚，遂返回翠桃宅。

近处有一座修验道之光明寺，吾应邀访问了那里，参拜行者堂有诗云：

> 虔虔拜木屐
> 夏山林茂前途远
> 吾学行者健

---

⑦ 那须与一宗高，源义经之臣。在屋岛战役中，平家方面于船上的一根竹竿上立一把扇子，让源氏方面射，与一成功地把扇射落。
⑧ 修验道之光明寺，位于余瀬翠桃宅附近。
⑨ 行者堂指供奉役行者之堂。役行者为佛教"修验道"教派的开山祖。传说役行者脚穿独齿高木屐自由往来于山野之中。
⑩ 夏季陆奥的群山。

九、雲巌寺

　当国雲巌寺①のおくに仏頂和尚②山居跡あり。

　　竪横の五尺にたらぬ草の庵

　　むすぶもくやし雨なかりせば

と、松の炭して、岩に書付侍りと、いつぞや聞え給ふ。

　其跡みんと、雲岸寺に杖を曳ば、人々すすんで共にいざなひ、若き人おほく道のほど打さはぎて、おぼえず、彼梺に到る。　山はおくあるけしきにて、谷道遙に、松杉黒く、苔したゞりて、卯月の天、今猶寒し。　十景③尽る所、橋をわたつて山門に入。

　さて、かの跡はいづくほどにやと後の山によぢのぼれば、石上の小菴、岩窟にむすびかけたり。　妙禅師の死関④、法雲法師の石室⑤をみるがごとし。

　　木啄も庵はやぶらず夏木立

と、とりあへぬ一句を柱に残侍し。

---

① 云岩寺，位于黒羽东约12千米处的临济宗寺院。
② 佛頂和尚，常陆（今茨城县）人，鹿岛根本寺住持，曾在云岩寺修行，芭蕉随其参禅。
③ 指云岩寺境内十景。
④ 妙禅寺之死关。"妙禅寺"指中国南宋时代高峰原妙禅师。他置身天目西峰张公洞，15年没迈出洞外一步，57岁在洞中入寂，故称"死关"。
⑤ 法云法师之石室。"法云法师"为中国梁代高僧，结庵于寺内巨大的岩石之上，"石室"指的是此庵。

九、云岩寺

下野云岩寺深处，有吾之参禅师佛顶和尚山居旧迹。和尚说他曾用烧残的松木在岩石上写过下面和歌：

　　依山搭草庵

　　横竖均无五尺满

　　此亦非所愿

　　倘若天公不降雨

　　小庵不住宿青山

为观赏和尚遗迹，吾持杖前往云岩寺。此时，人们此呼彼应，愈聚愈多。人群中多为年轻者，途中热闹非凡，不知不觉间便来到云岩寺山麓。只见山深谷邃，小路幽远，松杉繁茂葱笼，绿苔青翠欲滴。虽时值农历四月，但这里却寒气侵人。吾等览过云岩寺十景之后，过桥进入山门。

佛顶和尚山居旧迹在何处？攀上后山，只见岩上有一小庵依岩洞而建。见此犹如看到了妙禅寺之死关、法云法师之石室。

　　夏林茂且静

　　啄木叮叮却有情

　　独留庵完容

即兴作俳句一首贴在庵柱上。

一〇、殺生石

　是より殺生石①に行。館代より馬にて送らる。此口付のおのこ、短冊得させよと乞。やさしき事を望侍るものかなと、
　　野を横に馬牽きむけよほととぎす
　殺生石は温泉の出る山陰にあり。石の毒気いまだほろびず。蜂・蝶のたぐひ、真砂の色の見えぬほど、かさなり死す。

---

① 杀生石，那须温泉泉眼附近一块厚1.5米、长宽各2米左右的石头，周围喷放有毒气体。

十、杀生石

从黑羽前往杀生石,代领主遣马相送。引缰的马夫恳求道:"我很想求一张您的诗笺!"区区马夫竟有如此雅兴,实令人感动,遂写下一首与他:

　　骑行旷野中
　　侧闻子规啼长空
　　快引转马颈

杀生石在山后那须温泉泉眼附近,石头周围喷出的毒气至今不绝。被毒死的蜜蜂、蝴蝶等重重叠叠,简直看不到砂石的面目。

一一、清水流るるの柳（芦野の里）

　又、清水ながるるの柳^①は、蘆野の里^②にありて、田の畔に残る。此所の郡守、戸部某の、「此柳見せばや」など、折々にの給ひ聞え給ふを、いづくのほどにやと思ひしを、今日此柳のかげにこそ立より侍つれ。

　田一枚植て立ち去る柳かな

---

① "清水潺潺柳荫浓"，为西行法师所咏和歌中的一句。文中的柳因此和歌而闻名。
② 芦野之乡。今那须郡那须町芦野，当时为奥州路上的驿站。

十一、清水柳（芦野之乡）

西行法师所吟咏的"清水潺潺柳荫浓"之柳就在芦野之乡，如今依旧留在田畴之上。当地之领主户部某多次说让吾看看此柳，因此吾曾揣测它的位置，不意今日竟到了柳荫之下。

　　睹柳缅法师
　　村姑插秧已满池
　　起身向旅次

一二、白川の関

　心許なき日かず重るまいに、白川の関①にかゝりて、旅心定りぬ。「いかで都へ」②と便求しも理也。中にも此関は三関③の一にして、風騒の人、心をとどむ。秋風④を耳に残し、紅葉⑤を俤にして、青葉の梢猶あはれ也。卯の花の白妙に、茨の花の咲そひて、雪にもこゆる心地ぞする。古人冠を正し、衣装を改し事など、清輔⑥の筆にもとどめ置れしとぞ。

　　卯の花をかざしに関の晴着かな　　曾良

---

① 白川关，上古时为防虾夷入侵而在奥州入口处设置的关隘，芭蕉时代已经荒废。
② 《拾遗和歌集》中平兼盛吟诵的和歌句。
③ 指奥州三关，即白川关、勿来关、念珠关。
④ 秋风，指《后拾遗和歌集》中能因法师所咏和歌名句。
⑤ 红叶，指《千载和歌集》中源赖政所咏和歌名句。
⑥ 藤原清辅，平安时代末期歌人、和歌学者，著有《袋草纸》《奥义抄》等。

十二、白川关

旅途中,一直心绪不宁,来到白川关,始下定旅行到底的决心。昔平兼盛到此曾咏过"寻机报予京城知"的句子,其寻人带信的心情实乃理所当然。在众多的关隘中,白川关名列三关之一,骚人墨客,无不倾心寄情,吟咏不绝。此刻,似乎"秋风"响在耳畔,"红叶"浮现眼前,但还是眼前这翠绿枝条包含着的万千情趣感人至深。水晶花一片洁白,野蔷薇增添银彩,宛如穿行在白雪的世界。藤原清辅笔下曾有古人过此关正冠更衣之记载。

> 吾持水晶花
> 恰似古人更衣甲
> 且把雄关跨

(曾良)

一三、須賀川

　とかくして越行ままに、あぶくま川①を渡る。左に会津根②高く、右に岩城・相馬・三春③の庄、常陸・下野④の地をさかひて、山つらなる。かげ沼⑤と云所を行に、今日は空曇て物影うつらず。すか川の駅⑥に等窮⑦といふものを尋て、四五日とゞめらる。先「白河の関いかにこえつるや」と問。「長途のくるしみ、身心つかれ、且は風景に魂うばばれ、懐旧に腸を断て、はかばかしう思ひめぐらさず。

　　風流の初やおくの田植うた

無下にこえんもさすがに」と語れば、脇・第三とつづけて、一巻となしぬ。

　此宿の傍に大きなる栗の木陰をたのみて、世をいとふ僧⑧有。橡ひろふ太山もかくやと閑に覚られて、ものに書付侍る。其詞、栗といふ文字は、西の木と書て、西方浄土に便ありと、行基菩薩⑨の、一生、杖にも柱にも此木を用給ふとかや。

　　世の人の見付ぬ花や軒の栗

---

① 阿武隈川。自白川关西面旭岳流出，经白川关北面贯穿福岛县，于宫城县注入太平洋。
② 会津岭，即磐梯山。
③ 岩城、相马、三春均为福岛县地名。
④ 常陆、下野分别指今茨城县、枥木县。
⑤ 影沼，也称镜沼，位于白川关北面岩瀬郡镜石村，沼水映人如镜。
⑥ 须贺川驿站，原奥州道驿站，今福岛县须贺川市。
⑦ 等穷，本名相乐伊左卫门，时任须贺川驿站长，俳人。
⑧ 指等穷之友，俳号可伸、栗斋，本名箦井弥三郎。
⑨ 行基菩萨，奈良时代高僧。

十三、须贺川

如此越过了白川关,又涉渡了阿武隈川。左面会津岭高耸;右面岩城、相马、三春三庄并列。此地为常陆与下野交界之处,群山连绵。虽通过了影沼,但今天阴云密布,沼中映影全无。

在须贺川驿站拜访了等穷。主人执意挽留,盛情难却便住了四五日。等穷首先问吾:"过白川关时,有何吟作?"吾曰长途劳顿,身心疲惫,且风景牵魂,怀古断肠,没能如愿成句。但过此关山竟无一句志之,又深感愧疚,于是吟出了如下拙句:

　　跋涉过白河
　　聆听乡风插秧歌
　　风流味初得

于是,此为发句,等穷续二句,曾良作三句,遂成连句一卷。

此驿站尽头,一遁世隐身的僧人在巨大的栗树下结庐而居。西行法师吟"更拾橡子几粒餐"之深山宁静,料与此同。幽深寂静,情爽意酣,遂于手中纸头写下如下字句:"栗"字,西下有木,盖此与西方净土有缘,故行基菩萨一生皆以此木为柱为杖。

　　栗花何恬淡
　　默绽庐边不自显
　　主人亦超然

一四、浅香の沼

　等窮が宅を出て、五里ばかり、檜皮の宿①を離れて、あさか山②有。路より近し。此あたり沼多し。かつみ③刈る比も、やや近うなれば、いづれの草を花がつみとは云ぞと、人々に尋侍れども、更知人なし。沼を尋、人にとひ、「かつみかつみ」と尋ありきて、日は山の端にかゝりぬ。二本松④より右にきれて、黒塚の岩屋⑤一見し、福島に宿る。

---

① 桧皮驿站，位于今福岛县郡山市日和田町。
② 浅香山，日和田町北面的丘陵。
③ 菰，当时似指菖蒲的一种，采菰时节即端午节。
④ 二本松指今福岛县二本松市。
⑤ 黑塚岩洞，位于二本松市东部的岩洞，传说古时有女鬼居住。

十四、浅香沼

离等穷宅行约四十里,出桧皮驿站不远处,有浅香山。距路很近。此间多沼泽。因采菰时节将近,故问询当地人:"何种草为真菰?"竟无一人知晓。吾等辗转寻觅于沼边,频频向路人问询,不觉间日倾西山。无奈只好从二本松右折,走马观花般看了一下黑塚岩洞,其夜宿于福岛。

一五、しのぶの里

　あくれば、しのぶもぢ摺の石①を尋て、忍ぶのさと②に行。遙山陰の小里に、石の半土に埋てあり。里の童部の来りて教ける。「昔は此山の上に侍しを、往来の人の麦草をあらして、此石を試侍をにくみて、此谷につき落せば、石の面下ざまにふしたり」と云。さもあるべき事にや。

　　早苗とる手もとや昔しのぶ摺

---

① 忍草掀折石。将布置于凹凸不平的石头上，用忍草的叶、茎揉搓，染出紊乱的图案。其石高3米，宽2米多，现存于福岛市东北部的山口观音堂。
② 忍草乡，指掀折石附近一带农村。

十五、忍草乡

翌日，为寻访忍草掭折石，前往忍草乡。遥见后山的小村里，其石半埋在土中。村中小童过来告说："过去石在山上，因过往之人乱揪麦苗在石上搓揉试染，乡民厌恶，遂将石推落谷中，故现在石表面朝地。"是啊！这或许也在情理之中。

　　村姑植秧田
　　手作飞梭织绿毯
　　如制掭折染

一六、佐藤庄司の旧跡

　月の輪のわたし①を越て、瀬の上②と云宿に出づ。佐藤庄司③が旧跡は、左の山際一里半ばかりに有。飯塚の里鯖野④と聞て尋ね尋ね行に、丸山⑤と云に尋あたる。是、庄司が旧館也。梺に大手の跡など、人の教ゆるにまかせて、泪を落し、又かたわらの古寺⑥に一家の石碑を残す。中にも、二人の嫁⑦がしるし、先哀也。女なれどもかひがひしき名の世に聞えつる物かなと、袂をぬらしぬ。堕涙の石碑⑧も遠きにあらず。寺に入て茶を乞へば、爰に義経⑨の太刀、弁慶⑩が笈をとどめて什物とす。

　　笈も太刀も五月にかざれ帋幟

　五月朔日の事なり。

---

① 月之輪渡口，指阿武隈川支流松川上的渡口，位于今福岛市瀬上町。
② 瀬上驿站，位于今福岛市瀬上町。
③ 佐藤庄司，"佐藤"为佐藤元治，"庄司"为官名。佐藤元治为藤原秀衡之臣，其子继信、忠信为源义经的忠臣。
④ 饭塚村佐场野，位于今福岛市饭坂町佐场野，距瀬上约2千米。
⑤ 丸山，饭坂町西2千米处的小山。
⑥ 指琉璃光山医王寺。

十六、佐藤庄司旧址

越过月之轮渡口，来到濑上驿站。佐藤庄司旧址在驿站左约十二里远的山际。听说那里为饭塚村佐场野，于是边找边问，最后寻到一座称之为丸山的山前，这里便是庄司的旧邸。人告在丸山山麓有正门等遗迹，吾等前往拜观，怀古神伤，热泪长流。在正门旁的古寺里，还有佐藤宗族的石碑，其中元治两位儿媳的墓碑，感人尤深。虽身为女流，但刚烈浩然之气载誉世间，不禁使人泪湿衣衫。那堕泪石碑也就在眼前。入室乞茶之间，又听说寺里保存着义经的大刀、弁庆的背箱，被视为寺之至宝。

> 端午日即至
> 寺门将竖纸绘旗
> 亦望饰刀笈

以上为五月初一之事。

---

⑦ 指佐藤元治之子继信、忠信兄弟之妻。
⑧ 堕泪石碑，典出中国西晋名臣杜预"堕泪碑"之说。
⑨ 义经，镰仓幕府创立者源赖朝同父异母弟，为日本人心目中的悲剧英雄。
⑩ 弁庆，平安末、镰仓初和尚，为义经之随从。

一七、飯塚

　其夜飯塚①にとまる。温泉あれば湯に入て宿をかるに、土座に筵を敷て、あやしき貧家也。灯もなければ、ゐろりの火かげに寝所をまうけて臥す。夜に入て、雷鳴、雨しきりに降て、臥る上よりもり、蚤・蚊にせせられて、眠らず。持病②さへおこりて、消入斗になん。短夜の空もやうやう明れば、又旅立ぬ。猶、夜の余波、心すすまず。馬かりて桑折③の駅に出る。遙なる行末をかかえて、斯る病覚束なしといへど、羇旅辺土の行脚、捨身無常の観念、道路にしなん④是天の命なりと、気力聊とり直し、路縦横に踏で伊達の大木戸⑤をこす。

---

① "饭塚"为"饭坂"之误，指今福岛县饭坂温泉。
② 芭蕉患有胃痉挛与痔疮。
③ 指今福岛县伊达郡桑折町。
④ 《论语·子罕》中"且予纵不得大葬，予死于道路乎"之略。
⑤ 指今伊达郡国见町大木户。

十七、饭塚

当晚宿于饭坂。因有温泉，遂先行入浴，然后去一户人家借宿。此家实为陋室贫家，室内只是在泥土地上铺着草席，亦无灯盏，吾借地炉火光草草设铺睡下。入夜，雷声大作，暴雨如注，寝铺上方，雨水漏下，加之蚤咬蚊叮，终不能眠，更兼吾宿疾复发，几欲昏厥。夏夜虽短却觉漫漫无期，好不容易挨到天明，便又匆匆登程。可是昨夜余痛犹在，精神不爽，于是租借马匹，前往桑折驿站。瞻望前程，路途尚遥，身染疾患，不觉忧心忡忡，忐忑不安。但转念一想羁旅乃云游四方之行脚，何况吾已抛却红尘，彻悟人生无常，纵死道途亦属天命。想到此，精神为之一振，于是健步疾进，越过伊达大木户。

一八、笠嶋

　鐙摺①・白石②の城を過、笠嶋の郡③に入れば、藤中将実方④の塚はいづくのほどならんと、人にとへば、「是より遙、右に見ゆる山際の里を、みのわ⑤・笠嶋と云、道祖神の社、かた見の薄、今にあり」と教ゆ。此比の五月雨に道いとあしく、身つかれ侍れば、よそながら眺やりて過るに、蓑輪・笠嶋も五月雨の折にふれたり⑥と、

　　笠嶋はいづこさ月のぬかり道

　岩沼⑦に宿る。

---

① 坡名，位于今宫城县白石市越河与斋川之间。
② 白石城，指伊达家重臣片仓氏居地附近的街镇，今宫城县白石市。
③ 指名取郡指贺乡笠岛村（今宫城县名取市爱岛）。
④ 藤原实方，平安时代中期歌人，官居左近卫中将，传说因在笠岛道祖神社前未下马而过，坠马身亡。
⑤ 今名取市大字蓑轮，位于笠岛北4千米处。

十八、笠岛

　　穿过镫折并白石城,进入笠岛村。因问近卫中将藤原实方之墓在何方?人告曰:"远处右面山旁的村子叫蓑轮、笠岛,那里有道祖神社和西行法师所吟咏过的芒草等。"可是,正值五月梅雨时节,道路泥泞难行且身体疲惫,只能从远处瞭望一番,旋即离去。因蓑轮、笠岛与梅雨相关,故咏道:

> 何处觅笠岛
> 五月淫梅泥泞道
> 心冷如雨浇

当晚宿于岩沼。

---

⑥ 因蓑轮、笠岛中的"蓑""笠"与雨相关。
⑦ 当时的驿站,位于今宫城县岩沼市。

一九、武隈の松

　武隈の松①にこそ、め覚る心地はすれ。根は土際より二木にわかれて、昔の姿うしなはずとしらる。先、能因法師②思ひ出。往昔、むつのかみにて下りし人③、此木を伐て名取川④の橋杭にせられたる事などあればにや、「松は此たび跡もなし」とは詠たり。代々、あるは伐、あるひは植継などせしと聞に、今将、千歳のかたちととのほひて、めでたき松のけしきになん侍し。

　「武隈の松みせ申せ遅桜」

と、挙白⑤と云ものの餞別したりければ、

　　桜より松は二木を三月越し

---

① 武隈松在今宫城县岩沼市竹驹神社附近，因从地表向上分为两棵，也称"二木松"。
② 平安时代歌人，俗名橘永恺，曾两次旅奥州。
③ 指陆奥守藤原孝义。
④ 流经仙台市南部的河。
⑤ 草壁氏，芭蕉门人。

十九、武隈松

武隈松令人叹为观止。根部在地表向上分为两棵,看得出依然是昔日的姿容。观此,首先想到了能因法师。当年,到此地任陆奥守之人曾伐此松制作名取川桥桩。似为此,法师曾吟:"此行但见松迹无。"据说其后世世代代对此松亦时砍时栽。尽管如此,但今日二木松似已历经千载,形整姿英,美不胜收。

细语唤晚樱
奥州吾师难见侬
请荐武隈松

江户作别时,举白曾赠上面俳句,现作答句如下:

江户赏晚樱
日思夜盼三月零
始见二木松

二〇、宮城野

　名取川を渡て仙台に入。あやめふく日也。旅宿をもとめて四五日逗留す。爰に画工加右衛門①と云ものあり。聊心ある者と聞て、知る人になる。この者、年比さだかならぬ名どころを考置侍ればとて、一日案内す。宮城野②の萩茂りあひて、秋の気色思ひやらるる。玉田・よこ野③、つゝじが岡はあせび咲ころ也。日影ももらぬ松の林に入て、爰を木の下④と云とぞ。昔もかく露ふかければこそ、「みさぶらひみかさ」⑤とはよみたれ。薬師堂⑥・天神の御社⑦など拝て、其日はくれぬ。猶、松島・塩がまの所々画に書て送る。且、紺の染緒つけたる草鞋二足餞す。さればこそ風流のしれもの、爰に至りて其実を顕す。

　　あやめ草足に結ん草鞋の緒

---

① 指北野屋加右卫门。其以版木雕刻为业，是仙台俳人大淀三千风门人。
② 今宫城县仙台市东面的平原。
③ 玉田、横野均为仙台市东面的地名。
④ 木下指宫城野南面的村名，今仙台市木下町。
⑤ 诗出《古今和歌集·东歌》。
⑥ 药师堂由伊达政宗重建，现存木下町。
⑦ 天神山天满宫，位于踯躅冈西南端的天神山上。

二十、宫城野

渡过名取川，进入仙台。正值端午前遍插菖蒲之日。寻得宿处，逗留了四五日。此地有一位名叫加右卫门的画家，传说是位风骚之人，遂引为知己。加右卫门说："这些年来，吾一直对那些在古歌中出现，而实际并不清楚的地名做实地考察。"一日，他领吾等前去观览。宫城野胡枝子繁茂昌盛，令人联想起秋日的风采。过玉田、横野，来到杜鹃花冈，正是马醉木开花之时。走进遮天蔽日的松林，据说这里就是所传的木下。往昔这里的露水也一样浓重，因此才有"侍者莫怠慢，快告主人遮笠伞"的诗句。其后吾等参拜了药师堂、天神山天满宫，是日天色已晚。此外，加右卫门还绘松岛、盐釜等地风景画相赠，又送饰有藏青色鞋带的草履两双饯行。可说礼物充分显现出了其风流狂士之性格。

菖蒲插屋居
吾以青带系草履
佑旅途宓息

二一、壷の碑

　かの画図にまかせてたどり行ば、おくの細道の山際に十符①の菅有。今も年々十符の菅菰を調て国守②に献ずと云り。
　壷碑③市川村多賀城④に有。
　つぼの石ぶみは、高サ六尺余、横三尺斗欤、苔を穿て文字幽也。四維国界之数里をしるす。「此城、神亀元年⑤、按察使鎮守府将軍大野朝臣東人⑦之所置也。天平宝字六年⑧、参議、東海東山節度使同将軍恵美朝臣朝獦⑨修造也。十二月朔日」と有。聖武皇帝の御時に当れり。むかしよりよみ置る歌枕、おほく語伝ふといへども、山崩、川流て、道あらたまり、石は埋て土にかくれ、木は老て若木にかはれば、時移り代変じて、其跡たしかならぬ事のみを、爰に至りて疑なき千歳の記念、今眼前に古人の心を閲す。行脚の一徳、存命の悦び、羈旅の労をわすれて、泪も落るばかり也。

---

① 十符席。"十符"与"十编"日语读音相同，"十符席"指十缕为一目编织而成的菅席。
② 奈良、平安时代地方官长官名，芭蕉时代已无此制度，此处指仙台藩主伊达政宗。
③ 壷碑传为平安时代初期武将坂上田村麻吕以征夷大将军讨伐虾夷时，以弓弰在石上书"日本中央"之古碑。芭蕉所说壷碑指的应是多贺城碑。
④ 位于今宫城县多贺城市市川。
⑤ 指公元724年。

二十一、壶碑

按加右卫门所绘地图迤逦前行，只见奥州小路两旁的山上生长着织十符席的菅茅。据说直到如今每年仍要编织十符席献纳藩主。

壶碑坐落在市川村多贺城。

壶碑高六尺余，宽约三尺。透过碑上青苔辨读，文字依稀可见。碑上记有四方疆界的里数，之后记曰："此城神龟元年按察使镇守府将军大野朝臣东人之所置也。天平宝字六年参议东海东山节度使同将军惠美朝臣朝獦修造也。十二月朔日。"神龟元年为圣武天皇时代。古来和歌中所吟咏之名胜，虽至今仍广泛流传，但随着山崩河出，路改石埋，老树枯朽，新木萌生，时代变迁，其迹已大半不确。但此碑无疑为千载前之记录，由此可体察古人之情怀。此亦为云游四方之所得，生命价值之所在。想到此，忘却了旅途之艰辛，双眼溢满激动的热泪。

⑥ 视察地方政治、民情的官职。
⑦ 大野朝臣东人跟随藤原宇合征讨虾夷，有功，筑多贺城。
⑧ 指公元762年。
⑨ 天平宝字初年，惠美朝臣朝獦任节度使兼镇守府将军，天平宝字八年因其父谋反，一起被诛。

二二、末の松山・塩釜の浦

　それより野田の玉川①、沖の石②を尋ぬ。末の松山③は寺を造て、末松山といふ。松のあひあひ皆墓はらにて、はねをかはし枝をつらぬる契④の末も終はかくのごときと、悲しさも増りて、塩がまの浦⑤に入相のかねを聞。

　五月雨の空聊はれて、夕月夜幽に、籬が島⑥もほど近し。蜑の小舟こぎつれて、肴わかつ声声に、「つなでかなしも」⑦とよみけん心もしられて、いとど哀也。其夜目盲法師の琵琶をならして奥浄るり⑧と云ものをかたる。平家⑨にもあらず、舞⑩にもあらず、ひなびたる調子うち上て、枕ちかうかしましけれど、さすがに辺土の遺風忘れざるものから、殊勝に覚らる。

---

① 野田之玉川为市川支流。是和歌中所吟咏过的名胜。
② 指多贺城八幡村一农家池中的巨石。《千载和歌集》中曾吟咏过。
③ 指池中巨石北约100米处的山冈。《古今和歌集・东歌》中曾吟咏过。
④ 借白居易《长恨歌》"在天愿作比翼鸟，在地愿为连理枝"诗意。
⑤ 盐釜浦，今盐釜湾。

二十二、末松山、盐釜浦

接着，去探寻野田之玉川、池中石。末松山上建有一所寺院，称为末松山宝国寺。松树之间全是墓地，无数誓作比翼鸟、连理枝的恋人，到头来不过如斯，不禁使人望而生悲。后抵达盐釜浦，但闻晚钟声声。

这时五月梅雨初晴，西天月淡光微，篱岛景物历历在目。渔夫的小船并归，岸边分点，鱼声鼎沸。古人所云"拉纤引船趣最浓"正是这般意境，令人感到情趣无穷。是夜，盲法师拨动琵琶，说唱奥净琉璃。这既非平家琵琶，又与幸若舞不同，但却充满着浓厚的乡土气味。法师引吭高唱，吾虽略嫌枕边嘈杂，但这偏乡僻壤之传统风格却令人钦佩。

⑥ 篱岛，盐釜东约2千米处的海上小岛。
⑦ 出自《古今和歌集·东歌》。
⑧ 奥净琉璃，流行于日本东北地区的古净琉璃的一种。
⑨ 平家琵琶，亦称平曲。用琵琶伴奏说唱《平家物语》。
⑩ 幸若舞，即用扇子打拍，演唱《源义经》《曾我物语》等武士题材故事的表演形式。

二三、塩釜の明神

　早朝塩がまの明神①に詣。国守②再興せられて、宮柱ふとしく、彩椽きらびやかに、石の階九仭に重り、朝日あけの玉がきをかヾやかす。かかる道の果塵土の境まで、神霊あらたにましますこそ、吾国の風俗なれと、いと貴けれ。 神前に古き宝燈有。かねの戸びらの面に、「文治三年③和泉三郎④寄進」と有。 五百年来の俤、今目の前にうかびて、そぞろに珍し。 渠は勇義忠孝の士也。 佳命今に至りてしたはずといふ事なし。 誠「人能道を勤、義を守べし。 名もまた是にしたがふ⑤」と云り。

　日既午にちかし。 船をかりて松嶋にわたる。 其間二里余、雄島の磯につく。

---

① 盐釜明神，即今盐釜市北的盐釜神社。
② 此处指仙台藩主伊达政宗。（参见本书篇目二一）
③ 即公元 1187 年。
④ 藤原秀衡三子忠衡。
⑤ 语出韩愈《进学解》："动而得谤，名亦随之。"

二十三、盐釜明神

清晨,参拜盐釜明神。此神社为藩主重建,社殿楹柱粗大坚固,彩椽灿烂夺目,石阶节节拔高,朝日照耀,朱垣生辉。此处虽为边陲僻境,但亦有神之威光显现,吾国美风良俗,十分可贵。社殿前有古造宝灯,铁扉表面刻有"文治三年和泉三郎献"。五百年来不变之面影,此刻浮现在眼前,令人感到珍奇。和泉氏为勇、义、忠、孝兼备之士,美名传颂至今,无人不景仰。人应循道守义,"其名亦必随之",此话诚然不错。

时,天已近午,雇船前往松岛。其间行十六里余,抵雄岛礁岸。

二四、松島湾

　抑ことふりたれど、松島①は扶桑第一の好風にして、凡、洞庭・西湖を恥ず。東南より海を入て、江の中三里、浙江の潮をたたふ。島島の数を尽して、欹ものは天を指、ふすものは波に匍匐。あるは二重にかさなり、三重に畳みて、左にわかれ右につらなる。負る有抱るあり、児孫愛すがごとし②。松の緑こまやかに、枝葉汐風に吹たはめて、屈曲をのづからためるがごどし。其気色、窅然として美人の顔を粧ふ③。ちはや振神のむかし、大山ずみ④のなせるわざにや。造化の天工、いづれの人か筆をふるひ、詞を尽さむ。

---

① 松島，指位于今宫城县的松島湾。湾内有260余个形状不同的小岛，为日本三景之一。
② 此处借用了杜甫《望岳三首·其二》中的"西岳崚嶒竦处尊，诸峰罗立似儿孙"。
③ 此处为对苏轼诗《饮湖上初晴后雨》中的"水光潋滟晴方好，山色空蒙雨亦奇。欲把西湖比西子，淡妆浓抹总相宜"的借意。
④ 大山祇，掌管山岳的神。

二十四、松岛湾

虽然已是老话，但吾还要说松岛风景甲扶桑。纵比洞庭、西湖亦毫不逊色。她似从东南方牵来海水，湾阔二十四里，波涛浩荡，有如钱塘江潮。湾中岛屿星罗棋布，高者直指青天，低者匍匐波间。有的重为二层，有的叠为三段；一岛向左分开，一岛右又接连。还有的大如背抱小岛，犹如爱抚儿孙。岛上青松碧绿，枝叶被潮风吹弯，其自然形成的曲状整齐得如人工熨压一般。松岛文静、深邃，宛如美女化妆之容颜。此处为古代大山祇之杰作吧！鬼斧天工之造化，任谁也画笔难绘，诗文难描。

二五、雄島が磯

　雄島が磯①は地つづきて海に出たる島也②。雲居禅師③の別室④の跡、坐禅石など有。将、松の木陰に世をいとふ人も稀稀見え侍りて、落穂・松笠など打けぶりたる草の菴、閑に住なし、いかなる人とはしられずながら、先なつかしく立寄ほどに、月海にうつりて、昼のながめ又あらたむ。江上に帰りて宿を求れば、窓をひらき二階⑤を作て、風雲の中に旅寝するこそ、あやしきまで、妙なる心地はせらるれ。

　　　松島や鶴に身をかれほととぎす　　曾良

　予は口をとぢて眠らんとしていねられず。旧庵をわかるゝ時、素堂⑥松島の詩あり。原安適⑦松がうらしま⑧の和歌を贈らる。袋を解て、こよひの友とす。且、杉風・濁子⑨が発句あり。

---

① 雄島礁，位于松島湾内竹浦东南海岸附近，为和歌中所咏名胜。
② 实际上是通过一座名曰"渡月桥"的桥与陆地相连。
③ 云居禅师，瑞岩寺中兴僧人，土佐（今高知县）人，俗名小滨希贋。
④ 别室指禅堂，称"把不住轩"。

074

二十五、雄岛矶

雄岛矶一边与陆地接壤,一边伸向海洋。岛上有云居禅师别室遗址及打坐石等。在松荫里偶尔可见到遁世隐居之人,他们在落叶松果作薪炊烟升腾的草庐里清心幽居。虽不知为何等人,但心被牵动,遂走至近前观看。此时,月映海面,较白昼之景致别有一番情趣。回到岸上求得宿处。旅馆为二层建筑,窗对海面,吾身如卧风云之间,进入绝妙之境。

> 松岛景无双
> 匹配仙鹤正相当
> 子规请换装

(曾良)

吾为美景牵魂,咏作断念,意欲睡去,然而辗转难眠。当初离开草庐之时,素堂作咏松岛诗、原安适作咏松浦岛和歌相赠。吾解开背囊,取出诗笺,以之作今夜宽心之友。此外,囊中尚有杉风、浊子之发句。

---

⑤ 当时这座二层楼的旅馆很有名。
⑥ 素堂指山口信章,芭蕉好友。
⑦ 原安适为当时江户深川的医生,是与芭蕉有厚交的歌人。
⑧ 松浦岛,指位于盐釜东南方、今宫城郡七滨町的小岛。
⑨ 浊子,芭蕉门人,名中川甚五兵卫。

二六、瑞巌寺

　十一日、瑞巌寺^①に詣。当時三十二世の昔、真壁の平四郎^②出家して入唐帰朝の後開山す。其後に、雲居禅師の徳化に依て、七堂甍改りて、金壁荘厳光を輝、仏土成就の大伽藍とはなれりける。彼見仏聖^③の寺はいづくにやとしたはる。

---

① 瑞岩寺指位于松岛海岸（今宫城县宫城郡松岛町）的临济宗寺院。
② 真壁平四郎为法身和尚之俗名，法身和尚曾到中国修行，文中"渡唐"之"唐"指中国，不限唐朝。
③ 见佛圣指见佛上人，12世纪初时高僧。

二十六、瑞岩寺

十一日，参拜瑞岩寺。此寺为三十二代之前，真壁平四郎出家渡唐归来改成的禅宗寺院。其后，靠云居禅师德化，重修七堂，建成金碧生辉、装饰华丽的宏大寺院，宛如极乐净土再现人间。但不知西行法师所敬慕的见佛圣之遗庵今在何处，令人思慕不已。

二七、石巻

　十二日、平和泉①と心ざし、あねはの松②、緒だえの橋③など聞伝て、人跡稀に雉兎蒭蕘④の往かふ道、そこともわかず、終に路ふみたがえて、石の巻⑤といふ湊に出。「こがね花咲」⑥とよみて奉たる金花山、海上に見わたし、数百の廻船、入江につどひ、人家地をあらそひて、竈の煙立つゞけたり。　思ひかけず斯る所にも来れる哉と、宿からんとすれど、更に宿かす人なし。　漸、まどしき小家に一夜をあかして、明れば又、知らぬ道まよひ行。袖のわたり⑦、尾ぶちの牧⑧、まのの萱はら⑨などよそめにみて、遙なる堤を行。　心細き長沼にそふて、戸伊摩⑩と云所に一宿して、平泉に到る。　其間廿余里ほどとおぼゆ。

---

① 今岩手县西磐井郡平泉町。
② 姉齿松，指今宫城县栗原郡金城町姉齿的大松，为和歌中所咏名胜。
③ 绪绝桥，指位于今宫城县大崎市三日町与七日町间之界桥。
④ 语出《孟子·梁惠王下》"文王之囿，方七十里，刍荛者往焉，雉兔者往焉"。
⑤ 石卷，指位于今宫城县石卷市北上川河口的古港。

二十七、石卷

十二日，决定去平泉。途中听到了有名的姊齿松、绪绝桥之传说。沿着人迹罕至、猎人樵夫行走之小路攀登，茫然不知置身何处。行走之间，终于择错路径，来到一个叫作石卷的埠头。古时，大伴家持曾以"满山遍开黄金花"的诗句奉献天皇，诗中的"山"即金华山，由此向海遥望可见。港湾里，数百只货船麇集，岸上人家鳞次栉比，炊烟袅袅不绝。想不到竟走到了如此地方。欲求宿处，竟然无人肯借。好不容易借一贫家栖身一夜，天明，又继续在陌生的道路上懵懂穿行。吾等遥望袖渡、尾驳牧场、真野萱原，沿绵长的北上川海滩前行。涉过令人心惊胆战的漫长的沼泽地，来到登米歇宿一夜，始抵平泉。松岛距此百六十余里。

⑥ 诗出《万叶集·卷十八》。
⑦ 袖渡，石卷市住吉町住吉神社前之北上川渡口。
⑧ 尾驳牧场，石卷东牧山附近的放牧场。
⑨ 真野萱原，今宫城县石卷市真野字萱原，《万叶集》中曾吟咏。
⑩ 户伊摩指今宫城县登米郡登米町。"户伊摩"属当字，"登米"为正式写法。

二八、平泉

　三代①の栄耀一睡の中にして②、大門の跡は一里こなたに有。秀衡が跡③は田野に成て、金鶏山④のみ形を残す。先、高館⑤にのぼれば、北上川⑥南部より流る丶大河也。衣川⑦は、和泉が城⑧をめぐりて、高館の下にて大河に落入。泰衡等が旧跡⑨は、衣が関⑩を隔て、南部口をさし堅め、夷をふせぐとみえたり。偖も義臣すぐつて此城にこもり、功名一時の叢となる。国破れて山河あり、城春にして草青みたりと⑪、笠打敷て、時のうつるまで泪を落し侍りぬ。

　　夏草や兵どもが夢の跡

　　卯の花に兼房⑫みゆる白毛かな　　曾良

　予て耳驚したる二堂⑬開帳す。経堂は三将の像をのこし、光堂⑭は三代の棺を納め、三尊の仏を安置す。七宝⑮散うせて、珠の扉風にやぶれ、金の柱霜雪に朽て、既頽廃空虚の叢と成べきを、四面新たに囲て、甍を覆て風雨を凌。暫時千歳の記念とはなれり。

　　五月雨の降のこしてや光堂

---

① 指藤原氏清衡、基衡、秀衡三代。
② 借意汉典"南柯一梦"。
③ 指秀衡馆遗址。
④ 金鸡山位于秀衡馆西北，是仿富士山形建造的人工山。
⑤ 高馆指源义经居所，传文治五年（1189年）源义经遭藤原泰衡攻击时在此自裁。
⑥ 北上川，发源于岩手县北境姬神岳，向南流经岩手县中央、宫城县东北，至平泉与衣川合流，注入石卷湾。全长约360千米。

二十八、平泉

　　藤原氏三代荣华亦不过是南柯一梦。藤原馆正门遗迹距此约八里。秀衡馆迹已荒芜成田野，只有金鸡山仍保留着昔日的姿容。先登源义经之高馆，北上川立即呈现在眼前。此河是从南部地区流来的大河。衣川绕和泉城流淌，在高馆下面汇入北上川。泰衡等遗迹以衣川关为前沿，紧锁南部入口，似乎为御防虾夷入侵而置。尽管当年那些精良骁勇的将士固守城池，浴血奋战，但亦不过功名一时，现已化作荒草莽莽。此情此景，不禁使人想起"国破山河在，城春草木深"的诗句。铺笠坐于地上，追思良久，悲泪涌流。

　　　　昔日动刀兵

　　　　功名荣华皆成梦

　　　　夏草萋萋生

⑦ 衣川，源出平泉西方山中，向东流至平泉之北，在高馆之北约200米处（当时合流点）与北上川汇合。北上川支流。
⑧ 和泉城为秀衡三子和泉三郎忠衡住所。
⑨ 泰衡遗迹。秀衡次子泰衡为源赖朝所迫，违背父亲遗命，归附源赖朝，但后受源赖朝攻击，被部下所杀。
⑩ 衣关，衣川关之略，指中尊寺西北的旧关隘。
⑪ 为对杜甫《春望》中"国破山河在，城春草木深"的直接引用。
⑫ 兼房指源义经老臣十郎权头兼房，为义经奋战身亡。
⑬ 二堂指中尊寺境内的经堂与光堂。
⑭ 光堂即金色堂，四壁内殿皆金色，柱梁镶嵌螺钿珠玉，庄严华丽至极。
⑮ 七宝指佛教中所说的七种宝物。

水晶花开白
犹见兼房乱发摆
催人心生哀

（曾良）

今日正逢久负盛名、令人惊叹的二堂揭帐开龛。经堂存有三代将军之像，光堂纳有他们的灵柩，还供有阿弥陀如来等三尊之像。本应七宝散失，珠扉风毁，贴金堂柱为霜雪蚀朽，壁倾堂颓，化成荒草丛生的废墟，但由于新建四围，上覆瓦盖，防御风雨，总算使千年前之纪念暂时得以保存。

光堂灿金辉
百年不断五月梅
独不落其内

二九、尿前の関

　南部道①遙にみやりて、岩手の里②に泊る。小黒崎・みづの小島③を過て、なるごの湯④より尿前の関⑤にかかりて、出羽の国⑥に越んとす。此路、旅人稀なる所なれば、関守⑦にあやしめられて、漸として関を越す。大山をのぼつて、日既暮ければ、封人の家を見かけて、舎を求む。三日、風雨あれて、よしなき山中に逗留す。

　　蚤虱馬の尿する枕もと

あるじの云「是より出羽の国に、大山を隔て、道さだかならざれば、道しるべの人を頼て、越べきよし」を申。さらばと云て、人を頼侍れば、究竟の若者反脇指をよこたえ、樫の杖を携て、我々が先に立て行。けふこそ必あやうきめにもあふべき日なれと、辛き思ひをなして、後について行。あるじの云にたがはず、高山森々として一鳥声きかず⑧、木の下闇茂りあひて、夜る行がごとし。雲端につちふる心地して⑨、

---

① 指往南部氏城下町盛冈地区之通道。
② 岩出村，今宫城县玉造郡岩出山町。
③ 小黑崎、美豆小岛，两者均在岩出山町西北约 15 千米的鸣子町名生定村，《古今和歌集》中曾吟咏过。
④ 鸣子温泉，在今宫城县玉造郡鸣子町。

二十九、尿前关

遥遥向北一望通往南部地区的道路，便转身南下，宿于岩出村。经过小黑崎、美豆小岛，从鸣子温泉来到尿前关，欲攀越出羽国之高山。此路少有行人，关守怪疑，好不容易才过了关门。登大山时，日暮天晚，寻见守边人之家，求借宿处。谁料连日风狂雨骤，于山中过了百无聊赖的三天。

虱咬跳蚤叮
枕边时响马尿声
难熬旅夜梦

此家主人说："此去出羽国，高山拦阻，且道路不明，还是找一位向导带路为好。"吾说："如此，就请寻一位吧。"找来的是一位正合心意的强健少年。他背插弯刀，手持栎木杖，走在前头。吾害怕今日会遇到危险，战战兢兢地跟在少年身后。果如主人所说，这里山高林密，不闻鸟鸣，树叶繁茂遮

---

⑤ 尿前关，鸣子温泉西2千米处的关隘，现写作志户米。
⑥ 出羽国，指今秋田、山形两县。"国"为日本古时地域划分单位。
⑦ 关守，驻守关口，掌管疆界事务之官吏。
⑧ 对杜甫《蜀相》中"锦官城外柏森森"的借用。
⑨ 对杜甫《郑驸马宅宴洞中》中诗句的直接引用。

篠の中踏分踏分、水をわたり、岩に蹶て、肌につめたき汗を流して、最上の庄に出づ。かの案内せしおのこの云やう「此みち必不用の事有。恙なうをくりまいらせて、仕合せしたり」と、よろこびてわかれぬ。後に聞てさへ、胸とどろくのみ也。

天,树下光线幽暗,犹如夜行。此刻,完全是"已入风磴霾云端"之心境。吾等步履维艰地踏着矮竹,趟涉流水,跪爬岩石,身上流着冷汗,总算来到了最上庄。少年道:"行此路,每次都遇到凶险,今日平安通过,实在幸运。"说完,少年欣然离去。尽管已是事后听到此言,但心房仍悸动不已。

三〇、尾花沢

　尾花沢①にて清風②と云者を尋ぬ。かれは富るものなれども、志いやしからず。都にも折々かよひて、さすがに旅の情をも知たれば、日比とどめて、長途のいたはり、さまざまにもてなし侍る。

　　涼しさを我宿にしてねまる也
　　這出よかいやが下のひきの声
　　まゆはきを俤にして紅粉の花
　　蚕飼する人は古代のすがた哉　　　　　曾良

---

① 尾花泽，今山形县尾花泽市，当时盛产红花。
② 清风，本名铃木道佑，与芭蕉交厚。

三十、尾花泽

在尾花泽拜访了一名为清风之士。他虽为富人,心却不贪。因经常去往京城,颇知羁旅之甘苦。他热情挽留吾住了几日,多方款待,以慰长途跋涉之苦。

阔室风清爽
如居自家情憩畅
任吾坐或躺

蚕房悄无声
床下蟾蜍咕呱鸣
且请现尊容

四野开红花
一朵一把化眉刷
巧把丽颜画

农夫饲蚕忙
身着古式布衣裳
素朴堪赞赏

(曾良)

三一、立石寺

　山形領①に立石寺②と云山寺あり。慈覚大師③の開基にして、殊清閑の地也④。一見すべきよし、人々のすすむるに依て、尾花沢よりとつて返し、其間七里ばかり也。日いまだ暮ず。梺の坊に宿かり置て、山上の堂にのぼる。岩に巌を重て山とし、松柏年旧、土石老て苔滑に⑤、岩上の院々扉を閉て、物の音きこえず。岸をめぐり、岩を這て、仏閣を拝し、佳景寂寞として心すみ行のみおぼゆ。

　閑さや岩にしみ入蝉の声⑥

---

① 山形藩領地，指出羽国山形地区（今山形县）。
② 立石寺为天台宗寺院，全名为宝珠山立石寺，位于今山形市内。传日本贞观二年（860年）由慈觉大师开山，通称山寺。
③ 慈觉大师，法名圆仁，是平安时代高僧最澄的弟子，入唐回国后，任第三世天台座主。

三十一、立石寺

　　山形藩领地内有名曰立石寺之山寺。为慈觉大师开基，是一处极其清净悠闲之地。众人皆荐宜去一看，于是自尾花泽折返寻访，其间约五十六里。抵达寺院时日尚未暮，先于山麓之僧坊借得宿处，然后登往山上大殿。只见巨岩重叠，松柏古苍，土石年深日久，青苔湿滑，建于山岩上的诸殿门扉皆闭，阒然无声。遂绕走崖边，爬行山岩，拜谒佛阁。全山佳景澄寂，沁透心底。

　　　　寂静一何极
　　　　漫山蝉鸣急如雨
　　　　声沁岑岩里

---

④ "清闲"一词引自诗僧寒山的"出家要清闲，清闲即为贵"之句。
⑤ "苔滑に"一句出自诗僧寒山"苔滑非关雨，松鸣不假风"之句。
⑥ 该俳句意境取自寒山的"有蝉鸣，无鸦噪……石磊磊，山㠑㠑"之诗句。

三二、大石田

　最上川①のらんと大石田②と云所に日和を待。爰に古き俳諧③の種こぼれて、忘れぬ花のむかしをしたひ、蘆角一声④の心をやはらげ、此道⑤にさぐりあしして、新古ふた道にふみまよふといへども、みちしるべする人しなければと、わりなき一巻を残しぬ。このたびの風流、爰に至れり。

---

① 最上川发源于山形县南部吾妻山，经县中部北流，再向西注入日本海，为日本三大急流之一。
② 大石田指今山形县北村山郡大石田町。
③ 指相对于芭蕉新俳风的贞门、谈林古风俳谐。
④ 即《和汉朗咏集》中的"胡角一声霜后梦，汉宫万里月前肠"。意指民风朴实。
⑤ 指俳谐之道。

三十二、大石田

　　欲沿最上川乘舟而行，于大石田等待宜航的好天气。当地人说："此地早有吟咏古风俳谐之传统，至今仍怀念那过去的华吟盛会。村民们以古风俳谐，慰藉自己朴素之心。吾等在俳道上摸索，但不知古风、新风何为佳，苦于无人教……"受村民恳请无法推辞，遂一起作连句一卷。此次盛会竟成了传播蕉风之吟咏。

三三、最上川

　最上川はみちのくより出て、山形を水上とす。ごてん・はやぶさ①など云、おそろしき難所有。板敷山②の北を流て、果は酒田の海に入。左右山覆ひ、茂みの中に船を下す。是に稲つみたるをや、いな船といふならし。白糸の滝③は、青葉の隙々に落て、仙人堂④岸に臨で立。水みなぎつて、舟あやうし。

　　五月雨をあつめて早し最上川

---

① 碁点、隼。加上三瀬，为最上川三大险滩。
② 板敷山指耸立于最上川之南，古口驿与清川驿之间的山。和歌中曾吟咏过。
③ 白丝瀑布。位于板敷山北，户泽村古口附近，高约120米。
④ 仙人堂位于最上川北岸，白丝瀑布附近。

三十三、最上川

　　最上川从陆奥流出，山形一带为上游。中游有碁点、隼等湍急险要之处。河水流经板敷山北侧，最后于酒田入海。两岸群山如遮如覆，船在繁茂的树木中向下行驶。这种船载着稻谷，似为古歌中所吟咏之"稻舟"。从绿叶间时见白丝瀑布飞流直下，仙人堂伫立岸边。河道水满流急，小船几欲倾覆。

　　　　五月雨连绵
　　　　千水齐汇最上川
　　　　疾泻万重山

三四、羽黒山

　六月三日、羽黒山①に登る。図司左吉②と云者を尋て、別当③代会覚阿闍梨に謁す。南谷④の別院に舎して、憐愍の情こまやかにあるじせらる。

　四日、本坊にをゐて俳諧興行。

　　有難や雪をかほらす南谷⑤

　五日、権現⑥に詣。当山開闢能除大師⑦はいづれの代の人と云事をしらず。延喜式⑧に「羽州里山の神社」と有。書写、「黒」の字を「里山」になせるにや。羽州黒山を中略して、羽黒山と云にや。出羽といへるは、「鳥の毛羽を此国の貢に献る」と風土記⑨に侍とやらん。月山⑩・湯殿⑪を合て三山とす。当寺、武江東叡に属して、天台止観⑫の月明らかに、円頓融通の法の灯かかげそひて、僧坊棟をならべ、修験行法を励し、霊山霊地の験効、人貴且恐る。繁栄長にして、めで度御山と謂つべし。

---

① 羽黒山，位于今山形县东田川郡羽黑町内，海拔419米，修验道羽黑派本山。
② 图司左吉即近藤左吉，染匠，当时入蕉门，俳号吕丸。
③ 别当指统辖一山寺务之僧官。
④ 羽黑山分南谷、北谷、中谷，各有僧房。
⑤ 该俳句借意于苏轼《戏足柳公权联句》"人皆苦炎热，我爱夏日长，薰风自南来，殿阁生微凉"一诗。
⑥ 羽黑权现，现羽黑神社。"权现"指佛为济度众生，"权"且"现"身为日本之神。

三十四、羽黑山

六月三日，登羽黑山。访问图司左吉，在其引荐下，拜会了别当代理会觉阿阇梨。吾等住于南谷别院。主人关怀备至，热情款待。

四日，于正殿举行俳谐吟会，作俳句如下：

> 南谷残雪香
> 更有熏风送清凉
> 灵地堪景仰

五日，拜诣羽黑权现。此山开山祖师能除，不知为何时之人。在《延喜式》里，曾有"羽州里山神社"之记载。这可能是抄写者将"黑"字误写成了"里山"字，而"羽黑山"则可能是"羽州黑山"略去了"州"字。据《风土记》记载，此地之所以称"出羽"，是因为以鸟的羽毛为贡品献纳朝廷。羽黑山连同月山、汤殿山被称为出羽三山。此寺从属于武藏国江户东睿山宽永寺。天台宗止观教义行如明月，并辅以圆顿融通之法灯光辉。僧房并列，众僧勤于修行。对山神之灵验，人们既尊崇，又敬畏。此山定会天长地久，永盛不衰。

⑦ 能除指崇峻天皇三子，即蜂子皇子。
⑧ 《延喜式》，延长五年（927年）编成，记述宫中仪式、规章的书籍。
⑨ 《风土记》，和铜六年（713年）朝廷命各地编写的记载本地物产与传说的书籍。
⑩ 月山为出羽三山（月山、羽黑山、汤殿山）中最高的山，海拔1984米，山上建有月山神社。
⑪ 汤殿山位于月山西南6千米处，海拔1500米。
⑫ 天台宗"止观"教义。

三五、月山・湯殿

　八日、月山にのぼる。木綿しめ① 身に引かけ、宝冠に頭を包、強力と云ものに道びかれて、雲霧山気の中に、氷雪を踏でのぼる事八里、更に日月行道の雲関に入かとあやしまれ、息絶、身こごえて頂上に臻れば、日没て月顕る。笹を鋪、篠を枕として、臥て明るを待。日出て雲消れば、湯殿に下る。

　谷の傍に鍛冶小屋② と云有。此国の鍛冶、雲水を撰て、爰に潔斎して劔を打、終月山と銘を切て世に賞せらる。彼龍泉③ に剣を淬とかや。干将・莫耶④ のむかしをしたふ。道に堪能の執あさからぬ事しられたり。岩に腰かけてしばしやすらふほど、三尺ばかりなる桜の、つぼみ半ばひらけるあり。ふり積雪の下に埋て、春を忘れぬ遅ざくらの花の心わりなし。炎天の梅花、爰にかほるがごとし。行尊僧正⑤ の歌の哀も爰に思ひ出て、猶まさりて覚ゆ。惣而此山中の微細、行者の法式として他言する事を禁ず。仍て筆をとどめて記さず。坊に帰れば、阿闍梨の需に依て、三山順礼の句々、短冊に書。

---

① 白布编带。挂在脖子上，作为扫荡不净之标志。
② 铁匠铺。
③ 龙泉。传位于中国浙江龙泉的剑池湖之水适于锻造刀剑。

三十五、月山、汤殿

八日，登月山。吾身挂白布编带，头扎白布头巾，在向导的引领下，在云雾笼罩中履冰踏雪攀登六十四里，直感来到了日月之通道——天云之关。此刻气息几绝，身冷体僵。登临山顶时，已日沉月升。吾等铺细竹枕矮竹躺下，以待天明。朝日东升，云雾消散，遂下往汤殿方向。

途中谷旁有一铁匠铺。此为出羽国之制剑家选清洁神圣之水，锻造刀剑之地。他清静身心，精心打制，终出得意之作，剑上镂刻"月山"二字，深受世间赞赏。此可与中国以龙泉水锻造刀剑相比，亦可谓追随干将、莫邪之举。由此可见，精于一道者，对斯道之执着确是非同一般。坐在岩石上稍事休憩，见一高三尺左右的樱树正花蕾半开。在此深山雪掩中，竟不忘报春开花，迟樱刚烈之心，殊可称赞。禅所谓炎天梅花，似乎正飘散芳香。吾还忆起行尊僧正所咏的一首和歌，更加感到眼前这株山樱可爱无比。作为修行者的规矩，此山的详情是禁止对他人言及的，因此不再备述，就此搁笔。归后，应会觉阿阇梨之托，将参拜三山时所作俳句抄在长条诗笺上。

④ 干将为中国春秋时代刀剑匠，其妻为莫邪。传二人奉楚王之命，锻出雌雄两剑。
⑤ 行尊僧正，平安时代末期高僧、歌人。

涼しさやほの三か月の羽黒山

雲の峯幾つ崩て月の山

語られぬ湯殿にぬらす袂かな

湯殿山銭ふむ道の泪かな　　曾良

新月光淡微
羽黑依稀山影伟
清冽浸心扉

云峰起高天
一座崩散一座现
夜来化月山

汤殿山规严
神秘不可对人传
感人泪沾衫

参道铺香钱
严守山规无人捡
踏钱泪满脸

（曾良）

三六、酒田

　羽黒を立て、鶴が岡の城①下、長山氏重行②と云物のふの家にむかへられて、俳諧一巻有。左吉も共に送りぬ。川舟に乗て、酒田の湊に下る。淵庵不玉③と云医師の許を宿とす。

　　あつみ山④や吹浦⑤かけて夕すずみ

　　暑き日を海にいれたり最上川

---

① 鹤冈城，今山形县鹤冈市，当时为庄内藩主酒井左卫门尉忠直之居城。
② 长山重行，庄内藩士，图司左吉亲戚。
③ 渊庵不玉，指伊东玄顺，庄内藩主酒井侍医。
④ 温海山，位于酒田西南约 40 千米处，接近海岸的山。
⑤ 吹浦，位于酒田北 20 千米处的海岸。

三十六、酒田

离开羽黑山,来到鹤冈城下,被迎至武士长山重行家中。作俳谐一卷。左吉也相送至此。由此乘河船下行酒田港。在酒田,宿于医生渊庵不玉家。

遥遥温海山
北连吹浦望不断
扁舟纳凉晚

一日暑难耐
亏最上川携入海
暮至爽风来

三七、象潟

　江山水陸の風光、数を尽して、今象潟①に方寸を責。酒田の湊より東北の方、山を越え、磯を伝ひ、いさごをふみて、其際十里②、日影ややかたぶく比、汐風真砂を吹上、雨朦朧として鳥海の山③かくる。闇中に摸索して④雨も亦奇也⑤とせば、雨後の晴色亦頼母敷と⑥、蜑の苫屋に膝をいれて、雨の晴を待。

　其朝天能霽て、朝日花やかにさし出る程に、象潟に舟をうかぶ。先、能因嶋⑦に舟をよせて、三年幽居の跡をとぶらひ、むかふの岸に舟をあがれば、「花の上こぐ」⑧とよまれし桜の老木⑨、西行法師⑩の記念をのこす。江上に御陵あり、神功后宮⑪の御墓と云。寺を干満珠寺⑫と云。此処に行幸ありし事いまだ聞ず。いかなる事にや。此寺の方丈に坐して簾を捲ば⑬、風景一眼の中に尽て、南に鳥海天をささえ、其影うつりて江にあり。西はむやむやの関⑭、路をかぎり、東に堤を築て、秋田にかよふ道遙に、海北にかまえて、浪打入る所を汐ごしと云。江の縦横一里ばかり、俤松嶋に

---

① 象潟，今秋田县由利郡象潟町，当时为与松岛齐名的美丽海湾。
② 酒田至象潟实为 12 里（约合 47 千米），此处"十里"为概数。
③ 鸟海山，位于象潟东南，秋田、山形县境的高山，海拔 2236 米。
④⑤⑥ 室町时代末期五山禅僧策彦周天访西湖时，忆起苏东坡诗赋诗曰："余杭门外日将晴，多景朦胧一景无，参得雨奇晴好句，暗中摸索识西湖。"（《晚过西湖》）此处为借此诗意。
⑦ 能因岛，据传能因法师居此三年。
⑧ "泛舟樱花上"，传为西行所作和歌，载《山家集》。

三十七、象潟

虽阅尽山川水陆风光，但此刻却对象潟心驰神往。出酒田港，向东北方翻山沿海踏沙前行，直到日影西斜，才到了象潟村。其间，行约八十里。此刻，海风扬起沙砾，蒙蒙雨雾遮住了鸟海山，吾于昏暗中想象雨中美景。如果说雨中景致别具风情，那么雨后的清新则更令人神往。吾挤进渔人狭小的茅屋，等待雨过天晴。

翌日晨，天空一碧如洗，朝日灿烂东升，吾等由象潟泛舟出游。首先，船靠能因岛，凭吊能因法师幽居三年之遗址。之后船驶对岸，登岛，见"泛舟樱花上"和歌所咏老樱犹在，成为西行法师的纪念物。水边有御陵，传说为神功皇后之陵寝。寺称干满珠寺。可从未闻神功皇后驾临此地，不知该做何解释。坐此寺方丈中，卷帘眺望，山光水色尽收眼底。南面鸟海山直撑青天，山影倒映水中；西面有耶无耶关隔断道路；东面筑堤，与通秋田之路遥遥相接；北面临海，波浪涌入处名为汐越。海湾纵横各约八里。其姿容似松岛，又与松岛有异。松岛似笑，象潟似怨。孤独而又悲凄，此处地势颇像忧闷之冷美人。

⑨ 老樱，称西行樱，位于干满珠寺后水边。
⑩ 西行法师，平安时代末期歌人，俗名佐藤义清，留有《山家集》，为芭蕉尊敬、景仰的前人之一。
⑪ 神功皇后，第十四代仲哀天皇之后。
⑫ 今称蚶满寺。
⑬ 取白居易诗"遗爱寺钟欹枕听，香炉峰雪拨帘看"之意境。
⑭ 有耶无耶关，位于象潟西南 4 千米处。

かよひて、又異なり。松嶋は笑ふが如く、象潟はうらむがごとし。寂しさに悲しみをくはへて、地勢魂をなやますに似たり。

　　象潟や雨に西施がねぶの花[15]

　　汐越や鶴はぎぬれて海涼し

　　　祭礼

　　象潟や料理何くふ神祭　　曾良

　　蜑の家や戸板を敷て夕涼　　みのの国の商人低耳[16]

　　　岩上に睢鳩の巣をみる

　　波こえぬ契ありてやみさごの巣　　曾良

---

⑮　对苏轼诗《饮湖上初晴后雨》中"水光潋滟晴方好，山色空蒙雨亦奇"意境的借用。
⑯　低耳：本名宫部弥三郎，美浓国商人，早与芭蕉相熟。

象潟烟雾蒙

芙蓉颦眉冷雨中

愁似西施容

汐越浅滩里

鹤足一任海潮袭

瀚海满凉意

  祭典

象潟逢神祭

古来习俗禁食鱼

吃啥好东西

（曾良）

日暮渔家闲

家家户户铺门板

悠哉纳凉晚

（美浓国商人低耳）

  望岩上鱼鹰巢

浪高不及岩

恰似鱼鹰信誓旦

恩爱同巢眠

（曾良）

三八、越後路

　酒田の余波日を重て、北陸道①の雲に望。遙々のおもひ②、胸をいたましめて、加賀の府③まで百卅里と聞。鼠の関④をこゆれば、越後の地に歩行を改て、越中の国市ぶりの関⑤に到る。此間九日、暑湿の労に神をなやまし、病おこりて事をしるさず。

　　文月や六日も常の夜には似ず

　　荒海や佐渡によこたふ天河

---

① 北陆道指日本海沿岸中部的若狭、越前、加贺、能登、越中、越后、佐渡等七地。
② 此处借用了陶渊明诗《和郭主簿》中"遥遥望白云，怀古一何深"的意境。
③ 加贺藩城邑，今石川县金泽市。
④ 念珠关，亦写成鼠关，位于今山形县西田川郡温海町内。
⑤ 市振关，位于今新潟县西颈城郡青海町市振。实在越后，芭蕉误为越中。

三十八、越后路

　　日复一日,酒田的数日令人怀恋。终于遥望着北陆道之云天,启程上路了。念及前程遥远,不禁心生悲苦。据说从这里到加贺首府金泽有千里之遥。越过念珠关,开始紧张地行进在越后的土地上,后抵越后市振关。共行九日。其间日曝雨淋,心神不恬,竟至染上疾病,旅途见闻全没记录。

　　　　明朝将七夕
　　　　牛郎织女喜相聚
　　　　今夜情难羁

　　　　瀚海涌怒涛
　　　　银河一道横空耀
　　　　直贯佐渡岛

三九、市振の関

　今日は、親しらず子しらず①・犬もどり②・駒返し③など云、北国一の難所を越てつかれ侍れば、枕引よせて寝たるに、一間隔て面の方に、若き女の声二人斗ときこゆ。年老たるおのこの声も交て物語するをきけば、越後の国新潟と云所の遊女成し。伊勢参宮④するとて、此関までおのこ送りて、あすは古郷にかへす文したゝめて、はかなき言伝などしやる也。「白浪のよする汀に身をはふらかし、あまのこの世をあさましう下りて⑤、定めなき契、日々の業因、いかにつたなし」と物云をきくきく寝入て、あした旅立に、我々にむかひて「行衛知らぬ旅路のうさ、あまり覚束なう悲しく侍れば、見えがくれにも御跡をしたひ侍ん。衣の上の御情に、大慈のめぐみをたれて、結縁せさせ給へ」と泪を落す。不便の事には侍れども、「我々は所々にてとゞまる方おほし。只人の行にまかせて行べし。神明の加護かならず恙なかるべし」と云捨て出つつ哀さしばらくやまざりけらし。

　　一家に遊女もねたり萩と月

　曾良にかたれば、書とゞめ侍る。

---

① 亲不知子不知。市振以东、胜山以西约15千米的海岸难路，因陡壁悬崖，父子行此路都难以相顾。
② 犬戻、连狗行此处都不得不返回。亲不知子不知东1千米处。
③ 駒返、犬戻东面的险路。
④ 伊勢神宮、指位于今三重县伊勢市的皇大神宮和丰受大神宮的总称。当时有一生中必参拜一次伊势神宫之习俗。

三十九、市振关

今日,涉过亲不知子不知、犬戾、驹返等北国最难行之地,备感疲倦,拽枕早早睡下。忽从一墙之隔的前房里传出年轻女子的说话声,似乎是两个人。还夹杂着老年男子之声。从言谈中得知,女子为越后新潟之妓女,为去参拜伊势神宫,由男子送到此关。因明天要让男子返回故里,她们写了信,并絮叨地说着口信。她们说:"吾身于白浪滔天的海涯飘零,如同居无定处的渔家子一般沦落今世。每天夜晚与男人说着虚假的誓言,不知前世做了何等罪孽!"听着她们的哀诉,吾渐渐睡了过去。翌日早起正欲登程,两个女子泪流满腮,对吾等哀求道:"伊势怎样走法,我们茫然不知,路途多艰,真令人不安,哪怕让我们远远地跟在你们身后也好,请以法师之怜悯,惠赐我佛之大慈大悲,助吾等与佛道结缘。""实在对不起,吾等途中四处停留,你们还是跟别的同路人走吧,伊势神灵会保佑你们平安到达的。"说罢出门上路,但怜悯之心久久不能平静。

> 僧妓同馆宿
> 月照庭前胡枝子
> 说奇亦不奇

此句说与曾良,曾良记之。

⑤ 语意出自《新古今和歌集》。

四〇、那古の浦

　くろべ①四十八か瀬とかや、数しらぬ川をわたりて、那古と云浦②に出。担籠③の藤浪は春ならずとも、初秋の哀とふべきものをと、人に尋れば、是より五里、いそ伝ひして、むかふの山陰にいり、蜑の苫ぶきかすかなれば、蘆の一夜の宿かすものあるまじと、いひをどされて、かがの国に入。

　わせの香や分入右は有磯海

---

① 黒部川，在市振西南约24千米处进入富山湾，文中"四十八"意为支流特别多。
② 那古海岸，今富山县新湊市堀冈町附近海岸。《万叶集》中曾吟咏过。
③ 担笯，位于那古西北约20千米处，今富山县冰见市下田子附近，古来以藤花繁盛出名。《万叶集》中曾吟咏过。

四十、那古浦

　　人称黑部川有四十八条支流。吾等涉过无数河流之后，抵那古海岸。担笼紫藤不仅在春天，就是初秋之风情也值得一览，于是向乡人打探路径。告曰："由此沿海岸行四十里，进入山后便是。因为那里只有少许渔人简陋之茅屋，怕是借宿一夜亦难办到。"吾听后大为吃惊，不得不断此念，前往加贺。

> 早稻溢馨香
> 分禾穿畦向前方
> 右望海茫茫

四一、金沢

　卯の花山①・くりからが谷②をこえて、金沢は七月中の五日也。爰に大阪よりかよふ商人、何処③と云者有。それが旅宿をともにす。一笑④と云ものは、此道にすける名の、ほのぼの聞えて、世に知人も侍しに、去年の冬早世したりとて、其兄追善を催すに、

　　塚も動け我が泣声は秋の風
　　　ある草庵にいざなはれて
　　秋涼し手毎にむけや瓜茄子
　　　途中吟
　　あかあかと日は難面もあきの風

---

① 卯花山，位于今富山县西砺波郡小矢部市，为和歌中吟咏的名胜。
② 俱利伽罗谷，位于今富山县和石川县的交界，为有名的古战场。
③ 何処，蕉门弟子。
④ 一笑，小杉氏，在金泽片町（今金泽市片町）经营茶叶店。

四十一、金泽

翻过卯花山、俱利伽罗谷,于阴历七月十五到达金泽。正逢从大阪来的商人何处在此,于是同宿一处。此地一名为一笑者,醉心俳谐且小有名气。谁料于去冬夭亡,其兄为他举行追悼句会,当时作俳句云:

秋风瑟瑟吹
正是吾恸声声悲
陵墓摇欲坠

被邀草庵做客时吟
秋来生爽意
主人待客不拘泥
瓜茄自剥皮

途中吟
烈日灼灼照
残暑无情秋却到
爽风吹来了

四二、小松

　　小松[1]と云所にて

　しほらしき名や小松吹萩すすき

　此所太田の神社[2]に詣。実盛[3]が甲、錦の切あり。往昔、源氏に属せし時、義朝公より給はらせ給とかや。げにも平士のものにあらず。目庇より吹返しまで、菊から草のほりもの金をちりばめ、龍頭に鍬形打たり。実朝討死の後、木曾義仲[4]願状にそへて、此社にこめられ侍よし、樋口の次郎[5]が使せし事共、まのあたり縁起にみえたり。

　むざんやな甲の下のきりぎりす

---

① 小松，位于金泽西南约32千米，今石川县小松市。
② 原文作"太田神社"，亦有书作"多田神社"者，当以"多太神社"为是，也称多太八幡宫。
③ 斋藤实盛，越前人，先仕源义朝，义朝灭亡后，仕平宗盛。寿永二年（1183年），实盛随平维盛征讨木曾义仲，以73岁高龄染黑头发勇战，被手冢太郎所杀。义仲令人清洗首级，露出白发后方知这原是实盛，甚悲。
④ 木曾义仲，源义贤之子，儿时为斋藤实盛救养于木曾。
⑤ 樋口次郎，即樋口兼光，为义仲之臣。木曾四天王之一，与实盛为旧交。

四十二、小松

　　　　于小松
　　佳名人爱喜
　爽风频撩小松衣
　萩芒时偎依

参拜此地多太神社。神社保存着斋藤实盛的头盔及锦袍残片。据说此物为早年实盛仕于源氏时，义朝公所赠。果然，此物非普通武士所用。从盔舌至盔耳雕有菊花、蔓草图案，镶嵌着黄金。盔前饰有龙头、凤翅。实盛战死后，木曾义仲将盔袍并祈祷文一起奉献给此神社。当时使者为樋口次郎。一应往事历历在目，记在此神之由来沿革中。

　　当年鏖战勇
　今唯盔下蟋蟀鸣
　　痛战老实盛

四三、那谷

　山中の温泉①に行ほど、白根が嶽②後にみなしてあゆむ。左の山際に観音堂③あり。花山の法皇④、三十三所の順礼とげさせ給ひて後、大慈大悲の像を安置し給ひて、那谷と名付給ふとや。那智⑤・谷汲⑥の二字をわかち侍しとぞ。奇石さまざまに、古松植ならべて、萱ぶきの小堂、岩の上に造りかけて、殊勝の土地也。

　　石山の石より白し秋の風

---

① 山中温泉，指今石川县江沼郡山中町之温泉。
② 白根岳，指位于加贺、飞驒礓界的海拔2702米的白山。
③ 观音堂，位于今石川县小松市那谷町内，即后文所说的那谷寺。
④ 花山法皇，第六十五代天皇，在位不足3年，19岁时出家。
⑤ 那智，指位于今和歌山县东牟娄郡那智胜浦町的青岸渡寺。
⑥ 谷汲，指位于今岐阜县揖斐郡揖斐川町的华严寺。

四十三、那谷

在去往山中温泉途中，吾不时回首顾望白根岳。左侧沿山有观音堂。据说花山法皇巡拜西国三十三所观音堂之后，将大慈大悲观世音菩萨之像安放于此，取名那谷寺。"那谷"是从法皇巡拜的第一座寺院"那智"和最后一个寺院"谷汲"中各取一字合成的。但见境内奇石万象，古松成行，芭茅苫顶之小堂依山而建，实为物殊景胜之地。

    山岩白苍苍
    更有秋风素茫茫
    萧瑟掠洪荒

四四、山中温泉

温泉に浴す。其効有明①に次と云。

　　山中や菊はたおらぬ湯の匂

あるじとする物は、久米之助②とて、いまだ小童也。かれが父、俳諧を好み、洛の貞室③、若輩のむかし、爰に来りし比、風雅に辱しめられて、洛に帰て貞徳④の門人となつて、世にしらる。功名の後、此一村、判詞の料を請ずと云。今更むかし物語とはなりぬ。

曽良は腹を病て、伊勢の国、長島⑤と云所にゆかりあれば、先立ちて行に、

　　行き行きてたふれ伏とも萩の原　　曾良

と書置たり。行ものの悲しみ、残ものゝうらみ、隻鳧のわかれて雲にまよふがごとし。予も亦、

　　今日よりや書付消さん笠の露

---

① "有明"为"有马"之误，指今兵库县神户市北区有马町有马温泉。
② 久米之助，当时14岁，芭蕉取自己俳名"桃青"中的"桃"字给他，故其俳名为"桃夭"。
③ 贞室，安原氏，松永贞德门人。
④ 贞德，松永贞德，自成贞门俳谐一派。
⑤ 伊势国长岛，今三重县桑名郡长岛町。

四十四、山中温泉

入浴于山中温泉,据说其效力仅次于有马温泉。

> 温泉喜入浴
> 水滑肌肤香入躯
> 延年何须菊

宿处主人叫久米之助,还是个未成年的少年。其父生前爱好俳谐。昔日京都贞室年少时,曾来此地,因俳谐功底不深,自感不如其父。贞室回返京都,拜贞德为师,刻苦奋发,终于扬名于世。贞室功成名遂之后,向山中村民传习俳谐时,据说不收谢礼。现在,这自然已成为昔日之美谈。

曾良患腹疾,因伊势国长岛有亲属,故决定先吾一步投那里静养。

> 蹒跚复蹒跚
> 纵伴萩花葬荒原
> 男儿亦无憾

(曾良)

书罢,曾良别去。去者悲哀,留者辛酸。恍如离开并飞伙伴之孤鸭迷惘云间,吾亦作句如下:

> 分道忽扬镳
> 笠上"同行二人"字
> 将为冷露消

四五、全昌寺

　大聖持①の城外、全昌寺②といふ寺にとまる。猶、加賀の地也。曾良も前の夜此寺に泊て、

　　終宵秋風聞やうらの山

　と残す。一夜の隔、千里に同じ。吾も秋風を聞て衆寮に臥ば、明ぼのの空近う、読経声すむままに、鐘板鳴て、食堂に入。けふは越前の国へと、心早卒にして堂下に下るを、若き僧ども紙硯をかかへ、階のもとまで追来る。折節、庭中の柳散れば、

　　庭掃て③出ばや寺に散柳

　とりあへぬさまして、草鞋ながら書捨つ。

---

① 大圣持，原指前田飞驒守利名之城下町，今石川县加贺市江沼郡大圣寺町。
② 全昌寺，今大圣寺町南郊的曹洞宗寺院。
③ 投宿禅寺者第二天离开时，按礼节应打扫禅堂、庭院。

四十五、全昌寺

宿于大圣持城外之全昌寺。此处仍为加贺藩领地,曾良前夜亦宿于此,并留下一首俳句:

> 病身宿寺院
> 耳听秋风掠后山
> 终宵不能眠

相隔一夜,如隔千里之遥。吾亦耳听秋风,卧于僧房。天将晓,传来僧人清澄之诵经声,直等到云板敲响,吾方随僧人同进膳房。因今日欲赶到越前,便匆匆出室降堂。一少年僧人携纸砚追至阶前,向吾索句。正值庭前落柳散乱,故急就成句,穿着草鞋潦草书就而去。

> 朝欲辞寺行
> 但见柳叶洒前庭
> 应扫作答情

四六、汐越の松・天龍寺・永平寺

　越前の境、吉崎の入江①を棹して、汐越の松②を尋ぬ。

　　終宵嵐に波をはこばせて

　　月をたれたる汐越の松③　　西行

　此一首にて数景尽きたり。もし、一辨を加るものは、無用の指を立る④がごとし。

　丸岡⑤天龍寺の長老、古き因あれば、尋ぬ。又、金沢の北枝⑥といふもの、かりそめに見送りて、此処までしたひ来る。所々の風景過さず思ひつづけて、折節あはれなる作意など聞ゆ。今、既別に臨みて、

　　物書て扇引さく余波哉

　五十丁山に入て、永平寺⑦を礼す。道元禅師⑧の御寺也。邦畿千里⑨を避て、かかる山陰に跡をのこし給ふも、貴きゆへ有とかや。

---

① 吉崎湾，指位于今福井县坂井郡金津町吉崎西南的北潟湖。
② 汐越松，吉崎对岸滨板村南岬上汐越神社附近的松林。
③ 据说此和歌为莲如上人之作。
④ 语义出自《庄子・骈拇》中"枝于手者，树无用之指也"。
⑤ 丸冈，似为"松冈"之误，天龙寺不在"丸冈"，而在"松冈"。
⑥ 北枝，本名立花次郎右卫门，通称研屋源四郎，蕉门十哲之一。
⑦ 永平寺，曹洞宗总本山，位于今福井县吉田郡永平寺町。
⑧ 道元禅师，曹洞宗永平寺开山祖，曾渡宋。
⑨ 语出《诗经・商颂・玄鸟》中"邦畿千里，维民所止"，"邦畿"指都城及其周围的地区。

四十六、汐越松、天龙寺、永平寺

舟渡加贺与越前之疆境吉崎湾,探访汐越松。

　　彻夜狂飙猛
　　扯潮频袭汐越松
　　皓月当空照
　　枝头珠滴落如雨
　　似飞无数水流星

　　　　　　　　　　　(西行)

西行法师这首和歌,咏尽千般景致,倘加一语,则画蛇添足,徒劳无益。

松冈天龙寺住持为吾旧交,故去拜访。金泽之北枝原说咫尺相送,后竟追随吾直到此地。途中,北枝一无遗漏地思索着各处名胜的俳句创作,并随时向吾讲述他富有情趣的创作意图。行将分别时,写俳句与之:

　　秋来扇无用
　　欲乱涂写撕而扔
　　终有不舍情

进了距大路十余里处的山间,参拜永平寺。此为道元禅师开基建造之寺。避开京城附近,建寺于山阴之处,据说有其难能可贵的缘由。

四七、福井

　福井は三里計なれば、夕飯したためて出るに、たそかれの路、たどたどし。爰に等栽①と云、古き隠士有。いづれの年にか、江戸に来りて予を尋。遙十とせ余り也。いかに老らぼひて有にや、将、死けるにやと、人に尋侍れば、いまだ存命して、そこそこと教ゆ。市中ひそかに引入て、あやしの小家に、夕顔・へちまのはえかかりて、鶏頭・ははきぎに戸ぼそをかくす。さては此うちにこそと、門を扣ば、侘し気なる女の出て「いづくよりわたり給ふ道心の御坊にや。あるじは、此あたり何がしと云ものの方に行ぬ。もし用あらば尋給へ」といふ。かれが妻なるべしとしらる。むかし物がたり②にこそ、かかる風情は侍れと、やがて尋あひて、その家に二夜とまりて、名月はつるがのみなと③にとたび立。等栽も共に送らんと、裾おかしうからげて、路の枝折とうかれ立。

---

① 等栽，福井俳人，为芭蕉旧交。
② 泛指古代小说。此处特指《源氏物语》，小说中《夕颜》卷里有类似情节。
③ 指今福井县敦賀港。

四十七、福井

福井离此二十四里，用过晚餐后动身。日暮道暗，步履蹒跚，行速甚缓。早年遁世脱俗的等栽就隐居此地。记不得是哪一年了，他曾到江户访问过吾。这已是远在十年以前之事了。如今，不知他何等衰老，或者是否已经故去。当问及路人，说他犹在并告诉吾他的寓所。其家在离开闹市的僻静处，简陋的小屋上吊着葫芦花、丝瓜。鸡冠花、笤帚草丛生蔓长，几掩门扉。吾想，当是此屋无疑。叩门后，走出一位衣衫破旧的女人，说："这是从哪儿来的法师呀？主人到附近一家去了，您有事，请去那里寻他。"看样子，便知她是等栽之妻。古代小说中的情节竟于此再现，令人兴趣无穷。于是吾寻到等栽，于其家宿了两夜。因欲在敦贺港赏月，遂登程。等栽也要送吾一起走，他滑稽地掖起衣襟，说声我来带路便兴致勃勃地出发了。

四八、敦賀

　漸、白根が嶽かくれて、比那が嵩①あらはる。あさむづの橋②をわたりて、玉江の蘆③は穂に出にけり。鶯の関④を過て、湯尾峠⑤を越れば、燧が城⑥、かへるやま⑦に初雁を聞て、十四日の夕ぐれ、つるがの津に宿をもとむ。

　その夜、月殊晴たり。あすの夜もかくあるべきにやといへば、越路の習ひ、猶明夜の陰晴⑧はかりがたしと、あるじに酒すすめられて、けいの明神⑨に夜参す。仲哀天皇⑩の御廟也。社頭神さびて、松の木の間に月のもり入たる、おまへの白砂、霜を敷るがごとし。往昔、遊行二世の上人⑪、大願発起の事ありて、みづから草を刈、土石を荷ひ、泥淖をかはかせて、参詣往来の煩なし。古例、今にたえず、神前に真砂を荷ひ給ふ。これを遊行の砂持と申侍ると、亭主のかたりける。

　　月清し遊行のもてる砂の上
　十五日、亭主の詞にたがはず、雨降。

　　名月や北国日和定なき

---

① 比那岳，位于今福井县武生市东南约5千米，海拔795米，今称日野山。
② 浅水桥，今福井市西南约7千米，浅水川上的桥，为和歌中吟咏的名胜。
③ 玉江芦苇，"玉江"在浅水桥前面，多生芦苇，《古今和歌集》中曾吟咏过。
④ 鶯关，武生市南16千米处关隘，当时就已经不存在。
⑤ 汤尾岭，今福井县南条郡南越前町的山岭。
⑥ 燧城，在汤尾岭对面的山里，木曾义仲曾固守此地。
⑦ 归山，位于今福井县南条郡南越前町的山岗。
⑧ 语出宋代孙明复《八月十四夜》中"清樽素瑟宜先赏，明夜阴晴不可知"。

四十八、敦贺

　　行走之间，白根岳渐渐隐去，比那岳展现在眼前。渡过浅水桥，只见玉江芦苇皆已孕穗。过莺关，越汤尾岭来到燧城，在归山闻得初雁声声。十四日黄昏至敦贺港投宿。是夜，天气晴朗，月色格外皎洁。吾说："明晚月色也会如此吧！""北陆地区天气变幻无常，明夜阴晴实难预料。"店主人说完劝酒。之后，吾等随其趁夜参拜气比明神。此处为祭祀仲哀天皇之神社。神社周围显得十分庄严。松漏月光，照得社前白沙如一片银霜铺地。店主人说："古时，游行二世他阿上人立下宏愿，亲自刈草，担运土石，治干泥泞，使参拜往来再无烦恼。此古之惯例，今亦相袭，代代游行上人都运沙铺社前。此谓'游行担沙'。"

　　　　皎月挂中天
　　　　上人担沙铺社前
　　　　熠熠银光闪

　　十五日果如店主所言，降雨。

　　　　盼望皎月圆
　　　　天落秋雨不得见
　　　　北国天多变

⑨ 气比明神，今敦贺市的气比神宫。
⑩ 仲哀天皇，日本武尊二皇子，第十四代天皇。
⑪ 继承时宗开祖游行一世上人的他阿上人。

四九、種の浜

　十六日、空霽たれば、ますほの小貝① ひろはんと、種の浜②に舟を走す。海上七里あり。天屋何某③と云もの、破籠・小竹筒など、こまやかにしたためさせ、僕あまた舟にとりのせて、追風時のまに吹着ぬ。浜はわづかなる海士の小家にて、侘しき法花寺④あり。爰に茶を飲、酒をあたためて、夕ぐれのさびしさ感に堪たり。

　　寂しさや須磨⑤にかちたる浜の秋

　　浪の間や小貝にまじる萩の塵

　其日のあらまし、等栽に筆をとらせて寺に残す。

---

① 真赭小贝，一种淡红色或黄褐色小贝，种滨名产。
② 种滨，敦贺湾西北海岸，今敦贺市色滨。
③ 指天屋五郎右卫门，俳号玄流。
④ 法华寺，法华宗（日莲宗）的寺院，今称本隆寺。
⑤ 须磨，该地自在《源氏物语》中出现后，便以秋天寂寥而闻名。

四十九、种滨

　　十六日天气晴朗,因欲拾真赭小贝,乘舟驶往种滨。从敦贺至种滨,海上约五十六里。天屋某氏精心准备了食盒、小竹筒酒等,并让众多仆人同航。船遇顺风,不多时间到了种滨。种滨只有少许渔家小屋及萧条冷落的法华寺。吾等在寺院里饮茶暖酒,渐至黄昏,一种孤寂凄凉之情痛彻肺腑。

　　　　种滨秋寂寞
　　　　渔屋寥寥寺无火
　　　　凄凉胜须磨

　　　　细波荡沙岸
　　　　真赭小贝刚欲捡
　　　　蓦见萩花片

　　当日之概要,令等栽执笔记之,留于寺院。

五〇、大垣

　露通①も此みなとまで出むかひて、みのの国②へと伴ふ。駒にたすけられて大垣の庄に入ば、曾良も伊勢より来り合、越人③も馬をとばせて、如行④が家に入集る。前川子⑤・荊口父子⑥、其外したしき人々日夜とぶらひて、蘇生のものにあふがごとく、且悦び、且いたはる。旅の物うさもいまだやまざるに、長月六日になれば、伊勢の迁宮⑦おがまんと、又舟にのりて、

　　蛤のふたみにわかれ行秋ぞ

---

① 露通，也作路通，蕉門弟子。
② 美浓，今岐阜县南部，旧东山道诸国之一。
③ 越人，越智氏，蕉門十哲之一。
④ 如行，近藤氏，大垣藩士，貞享元年（1684年）入蕉門。
⑤ 前川子，津田氏，芭蕉俳友。
⑥ 荆口父子。荆口本名宮崎太左卫门，蕉門俳人，大垣藩士，其子此筋、千川、文鳥都是蕉門俳人。
⑦ 伊勢神宮迁宮。每过20年本殿改修一次，举行神灵迁移仪式，元禄二年（1689年）正值迁移之年。

五十、大垣

　　露通亦到敦贺港迎接，然后同往美浓。骑马进入大垣街市时，曾良亦从伊势来此相会，越人亦骑马疾驰而来。大家集聚于如行家。前川子、荆口父子及其他亲友日夜来访。见到吾仿佛见到起死回生的人一般，都为吾安然无恙而庆幸、欣慰。尽管还带着长途跋涉之疲劳，但因到了九月六日，想去拜谒伊势神宫迁宫，便又乘舟开始了新的旅程。

　　　　蛤壳与肉离
　　　　吾与诸友别情依
　　　　秋尽景更凄

译后记

1981年4月至1983年6月,我受中国教育部派遣,在日本名古屋S大学教授汉语。期间有幸结识了对我后来的研究有很大影响的3位先生:其中第一位是入江光太郎先生,他在约1年半的时间里,为我个别讲解《万叶集》中柿本人麻吕的作品和松尾芭蕉的《奥州小路》;第二位为中西进先生,他看到我在《中日新闻》上发表的一篇有关《万叶集》的文章后,给我寄来他的新作《万叶集全译》(4册),并让我参加了他的《万叶集》讲座学习;第三位为松村博司先生,经朋友介绍,我参加了他的《源氏物语》讲座学习。3位先生的讲课内容对我具有启蒙意义,为我后来的日本文学翻译,特别是日本古典文学翻译打下了一定的基础。

开始于1982年的《奥州小路》翻译完全是一种无意识的行为。当时为了加深对芭蕉文章和俳句的理解,每次入江先生上完课后,我都把当天学习的内容翻译成汉语,下次上课时再与先生一起确认理解是否准确。就这样,等到《奥州小路》学习结束时,我的汉语翻译也全部完成。这种类似学习作业的翻译初稿,之后经过多次修改,于1995年至1997年期间以连载的形式发表在我

所供职的大连外国语大学主办的《日语知识》杂志上。2011年2月，在多年一直交厚的叶宗敏先生的鼎力协助下，再次修改的《奥州小路》得以在译林出版社出版。再是，尤其引为荣耀的是，旅日画家傅益瑶女士将自己耗时6年，亲访芭蕉当年的足迹所画成的《芭蕉·奥州小路全36图》无偿地提供出版使用，修刚、陈喜儒先生欣然作序，给本书增添了光彩。

此次，青岛出版社不仅再版此书，而且还允加《译后记》，使译者围绕此书的感情得以抒发，使译者关于俳句翻译的点滴体会得以向读者披露。在此谨向上述各位先生和青岛出版社并杨成舜先生致以谢忱。

下面，以芭蕉俳句为例，我谈谈自己对俳句汉译的一些想法，以就教于方家、识者。

俳句翻译与译者主体性

关于诗的定义，可谓林林总总，难求一致，但试可归纳为以

下几个特点：1.诗是文学的基本样式之一；2.诗是语言的艺术；3.诗表达的不是表面的意义，而是具有警醒性、美学性的意义；4.诗抒发作者的情感；5.诗的语言凝练、形象、生动；6.诗多数要求节奏、韵律；7.诗常用象征、联想、暗示、比喻、对比等表现手法。诗按形式分类，可分为定型诗（格律诗）和自由诗。日本的俳句属定型诗，同样具有以上诗的特点。这里将围绕俳句的本质、翻译的性质、俳句翻译者应做什么展开论述。

一、俳句——以读者为中心的文学

现在，在日本俳句界，关于俳句的定义尚未完全统一，要谈俳句的本质无疑是困难的。这里主要从翻译的角度出发，根据翻译实践，提出自己的认识：

1.俳句是文学

产生于日本中世室町时代（1336—1573）末期的"俳諧連歌"一直没有走出语言游戏的框子，直到后来松尾芭蕉（1644—1694）的改革——"蕉風開眼"，才使俳句得以与和歌并驾齐驱，成为表现内心的文学。对此，正冈子规在『芭蕉雜談』中指出"发句是文学"，在『俳諧大要』中指出"俳句是文学的一部分"。文学作为语言艺术，其本质特征是审美。任何形式的文学作品，都包含着作者的感情、感受、主观意图。作为语言艺术中精粹结晶的诗歌更是如此，诗人往往把他的感情、感受寄寓于凝练的语言之中。那么，俳句这种形体极小的诗形能否发挥文学作品尤其是诗歌的作用呢？

它能否表达作者的思想、情绪,并且给人以艺术享受呢?回答是肯定的,而且是不言而喻的。俳句作为独立诗体成立后,四百余年经久不衰、广泛流传的事实便是最好的说明。日本诺贝尔文学奖获奖作家川端康成说"俳句是最纯粹的艺术。描写那敏锐内心的一闪,刹那间纯情的流露……蕴含着深刻而丰富的人生……"。(《拈花微笑》p.3)

1)寒冰未尽消,猛见独活雪间冒,露出紫芽苞。
(雪間より薄紫の芽独活かな)

(『俳諧翁艸』)

芭蕉的这首俳句只点出了淡紫色独活芽从雪中冒出的现象,那未言之意可能是说,严冬过去,春天还会远吗?虽然冰雪尚未消融,但跃动的生命却代表着春天的到来。

2. 俳句具有独特的创作方法

作为文学,俳句虽然主要表现自我,但是,"俳句在创作方法上坚持传统诗歌的共同体参与型特点,在通过和歌—连歌—俳谐形成的语言中,扯起了一张自然观之网"。(井尻香代子・『俳句の普及による価値観の変化』)外山滋比谷指出:"俳句并非是单向的自我表现,而是时刻意识到读者存在的表现。即从根本上尊重读者的理解方式,容许读者与自己想法不同的理解。"(『文芸春秋』2010年5月増刊 p.36)根据以上论述,可总结出两点俳句独特的创作方法:一是意识到读者存在;二是体现人与自然的关系。

3. 俳句短小、含蓄

俳句被称为世界上最短的格调诗,"靠不断省略,由17个音构成的短形诗,作为忠实遵循语言经济原则的诗学,在世界上绝无仅有"。(外山滋比谷・『文芸春秋』2010年5月增刊 p.32、p.37)俳句音数上的限制造成了它在表达方式等方面的特点。它所表现的事物和情绪,必须是简单的、压缩的、含蓄的,而不能像叙事诗、抒情诗那样开放、展开地表达复杂的故事情节、人物形象及相应的思想、感情。对于这方面,日本文学研究家们有过不少论述。小泉八云有言:"日本诗歌之原则,与绘画相结合,歌人用数单字以成诗,正犹画师之写意。淡淡数笔,令见者自然领会其所欲言之情景,其力全在于暗示。……读佳妙之短诗,如闻晨钟一击,幽玄之余韵,缕缕永续,如绕梁而不去。"(小泉八雲・『日本雑記』)钟敬文比喻说:"它像含苞欲放的花朵,那些花瓣和它的色香,都没有怎样展开和放出。"(《日本古典俳句选》p.6)林林也指出:"短是它的特点。……它贵含蓄、重暗示,要有言外之意,弦外之音,留有余韵,能给读者吟味。"(《日本古典俳句选》p.145)俳句表达方式上的特点使它在对读者的作用上,主要借助暗示的或触发的方式。俳句的前身是"俳諧"中的"発句","発句"的意义要靠它下面的"脇句"强调、增补、变化。因此,俳句与"発句"一样,有着明显的非完结性,即在意义上留下空白,让读者去充填。

2) 秋日黄昏时,形单影只一乌鸦,兀立在秃枝。

(枯枝に鳥の泊まりけり秋の暮)

(『真蹟短冊・阿羅野』)

芭蕉的这首俳句是被后世誉为与"古池"齐名的名句。俳句本身看起来非常简单：秋日黄昏之时，乌鸦落在枯树之上。但拥有不同文化背景的读者，理解就不一定一样。我们中国人读这首俳句时，会马上想到马致远的《天净沙·秋思》："枯藤老树昏鸦，小桥流水人家，古道西风瘦马。夕阳西下，断肠人在天涯。"进而认为俳句中的乌鸦只能是一只，因为只有这样才是肃杀萧条的秋天景象，才符合芭蕉的闲寂情趣。而西方人的理解就不一定与我们相同，就像把"古池"句中的青蛙只数理解为复数的一样，也可能把此句中的乌鸦理解为多只。据说在以这首俳句为题跋的、芭蕉亲笔画的一幅俳画上，乌鸦竟多达二十七只。（『海を越えた俳句』p.60）尽管如此，但我仍然倾向于认同俳句中的乌鸦是一只孤鸦。因为乌鸦成群，就没有了清冷、寥寂的景象，反而变得生气勃勃了。

"高环境"（high context，亦称"集团主义文化"）导致了日语的模糊性。古田晓等在分析美国与日本在人与人交流上的特点时说："美国为水平文化，在语言交流时，表现出强烈的议论性、逻辑性特点。美国是一个'说服'的社会，作为独立存在的说话人，他必须直接面对听话者，运用语言技巧，让对方明白、理解。这种西方社会司空见惯的'说服'倾向，在日本文化中却甚为淡薄。日本是靠自己与他人的关系寻求沟通的文化，对对方的心情、想法、感情要靠'推察'去了解。"（『異文化コミュニケーション・キーワード』p.69）那么，中国文化是属于"说服"型还是"推察"型呢？陈舜臣的说法是，与"以心传心"相比，中国人重视的是"说服"。（『日本人と中国人』p.85）古田晓等还说：

"在日本高环境的社会里，交流上意思传达的责任主要在于接受一方。"(『異文化コミュニケーション・ハンドブック』p.116)难怪常说日本人是善听不善说。日语的模糊性在语用上往往表现为省略、委婉、暗示等，这种语言上的属性有时会使本来含蓄的俳句变得更含蓄，以致含混不清。

3) 睹柳缅法师，村姑插秧已满池，起身向旅次。

（田一枚植えて立ち去る柳かな）

（『おくのほそ道』）

这首俳句作于芦野。芦野为现在的那须郡那须町芦野，当时是奥州路上的驿站，西行法师昔日经过这里时，曾作过咏柳的和歌：

4) 路边清水流，柳荫蔽日浓且厚，恋人不忍走。为解劳顿做小憩，树下佇足停脚步。

（道の辺に清水流るる柳かげ、しばしとてこそ立ちどまりつれ）

芭蕉睹物生情，故有上面俳作。这首俳句中有一处"て结句"（て止め）的用法，历来引人议论。因为无论在旅记的叙述中，还是在俳句中，对"植えて"与"立ち去る"的主语都没有任何表示。于是，围绕这两个动词的主语是谁及"て"的语法功能，出现了各种各样的说法。第一种说法为，"植えて"的主语

为村姑,"立ち去る"的主语为芭蕉。此说流传既久,且信此说者人数亦多。其理由主要是"て"具有切换上、下两个动词主语的功能。"て"的这种用法,在当时西鹤、芭蕉等的文章中屡有出现。第二种说法为,将这种在极短的诗形中同时被省略的主语理解为不相同的是牵强的,实际上"植えて"与"立ち去る"的主语都是村姑,其中的"柳"是"柳腰"(杨柳细腰)之意。(也有人认为"植えて"与"立ち去る"的主语是随风摇动的柳树。)现在,一般认为这种解释是为使主语统一而硬找出的,理由不大为人接受。第三种说法为,"植えて"的主语为村姑,而"立ち去る"的主语既是芭蕉又是村姑。第四种说法为,"植えて"与"立ち去る"的主语都是芭蕉。其理由为,芭蕉的俳句源于西行法师的故事,所以尽管真正的插秧者是村姑而不是芭蕉,但芭蕉的感情已移入其中,在芭蕉的意识中,自己已是村姑,已是插秧人。究竟是芭蕉故意写得模糊还是后来人判断不清?本人不敢妄加断定。但有一点可以说,俳句就是俳句,唯其虚虚实实,虚实不分,才给了人们遐想猜测的空间,使其更具有审美的效果。再说一句,本文中对芭蕉这首俳句的翻译,是从第一种说法的,即"植えて"的主语为村姑,"立ち去る"的主语为芭蕉。

4. 俳句是大众性文学门类

深受日本人喜爱的俳句,具有深厚的群众基础。据1988年出版的『俳句・そのこころ』书中称,日本至少有5种商业性俳句综合月刊,总发行册数近10万册;全国有各种俳句组织、同人杂志社约700家,会员约35万人;而且几乎所有的报纸、各种各样

的杂志，也都设有俳句专栏，甚至电视台、广播电台也征集俳句；至于创作俳句的人则更多，约有70万人，占总人口的5.8‰左右。2006年，日本俳人协会会长鹰羽狩行在演讲中称日本俳句人口约为2000万，约占总人口的16%。不仅如此，随着世界文化的相互交融，俳句还作为一种颇具魅力的抒情诗，大有风靡日本列岛，走出国界席卷全球之势。现在世界上有不少国家在介绍、研究俳句，并且用本民族的语言创作俳句。鹰羽狩行称世界上有50个国家的约200万人用本国语言写作俳句。（鹰羽狩行・『もう一つの俳句の国際化』第17回HIA総会特別講演、2006.6.6）

二、翻译——阐释、再创造

从翻译对象考虑，翻译可大分为实用翻译与文学翻译两类。二者前为技术，后为艺术，本质不同。在指导理论、翻译方法上也有很大不同。俳句翻译属文学翻译，俳句翻译者为文学翻译者。

文学是一种行为，这种行为过程既包括"作者—作品"，也包括"作品—读者"。离开"作品—读者"，这种过程便不完整，文学便无法实现它的功能。翻译文学同一般文学一样，不过是在它的行为过程中增加了"译者—译作"，即表现为"作者—作品—译者—译作—读者"的过程。文学作品是客观存在，一经发表，作者便结束了他与作品的关系，而判断作品的意义则全在于读者的见仁见智。在翻译文学行为中，译者具有双重身份：对原作他是读者，对译作他是作者。当然，译者绝非是一般意义上的读者，他不能满足于对原作的大致理解，而应满怀真诚地去捕

捉、体味原作者的感情、感受,并把自己的感情、感受融入译作之中。

"翻译就是阐释,翻译家就是阐释者",这是翻译界流行的说法。英语动词"interpret"除有"阐释""解释"之意外,还有"翻译"的意义。这种"阐释——翻译"的行为可谓随处可见。比如,幼小的孩子对不懂的事物提出疑问,母亲往往用通俗的话进行解释,或翻译成易懂的说法。再如,为了满足现代人的阅读需求,对我国的《诗经》、《论语》、《道德经》、唐诗等古典,既要译成现代汉语,又要加注解释。日本的《万叶集》《源氏物语》以及古典俳句作品也都有现代日语译本,并佐以大量的解释。这种同语内的翻译与异语间的翻译在本质上应该是一致的。

我们在翻译时,比如说翻译俳句时,往往想多了解些俳人所要传达的信息,但这一愿望却难以实现。因为俳人没有必要为作品定调,俳句也不存在标准答案,俳人所要诉说的东西,已经尽在17个音之中了。这样,译者就要自己寻找钥匙,去开启俳句关着的门。在学术研究中,强作解人的主观、武断态度固然是不足取的,但作为文学翻译艺术,却需要译者的主观感受。演员演戏需要进入角色,译者翻译俳句也要进入它的艺术境界之中,否则,译出来的作品便会貌合神离,失去应有的鲜灵之气。

5)瀚海涌怒涛,银河一道横空耀,直贯佐渡岛。

(荒海や佐渡に横たふ天の河)

(『おくのほそ道』)

这首俳句出自松尾芭蕉的旅记《奥州小路》。据芭蕉在『銀河の序』等中所言,这首俳句为在出云崎所作。面对波涛汹涌、颜色灰暗的日本海,芭蕉不由发出凄绝的"荒海や"的咏叹,而就在这波涌浪翻的大海里,佐渡岛藏起身形,昏黑一片,而天上的银河却向它直泻下来。这首融天、海、岛为一体的作品可谓气势雄壮恢宏。但是,佐渡又是有史以来流放罪人之地,那里秘藏着各种各样悲伤的历史。面对寂然立在波涛中的孤岛,因漂泊之旅疲惫的芭蕉又有一种难耐的悲伤与凄凉。

文学翻译和演员演戏一样,同属于"再创作"(也称"二度创作")。剧本是剧作家对现实生活作出的阐释,而演员是对剧本作出的再阐释。由于不同演员审视剧本的角度不同,再阐释的结果自然不会完全相同。因此,有人说:"有一百个演员就有一百个哈姆雷特。"翻译中的再创作依据的不是现实生活,而是文学作品,译者在创作中同样需要对作品作出自己的阐释。由于不同译者感受和理解不同,阐释的结果也不会完全一致,有人模仿关于演员的说法说:"有一百个译者就有一百个莎士比亚。"

将"翻译就是阐释"的说法用于俳句翻译,就是为了强调俳句翻译的再创作性。从阐释的角度理解俳句翻译艺术,就会得出以下结论:俳句翻译不是原作的复制,也不是原作的模拟,而是原作的再现,俳句的翻译和俳句的阐释应该是合二为一的。

6) 一春又将去,游鱼目含汪汪泪,鸟啼声凄凄。

(行く春や鳥啼き魚の目は泪)

(『おくのほそ道』)

译文中的"汪汪""凄凄"是原文中没有的,是阐释的结果。这样做可以较好地传达俳人对即将逝去的春天的不舍之情和同为自己送行的友人们惜别的哀伤心情。鱼流泪与否,姑且不论,但鱼凸出的眼睛与汉语形容眼睛充满泪水的"汪汪"却颇为相似。

从1979年开始的几年里,围绕俳句的汉译问题,在我国日本文学界曾展开过热烈的争论。从《日语学习与研究》等杂志上发表的文章看,争论的焦点基本集中于汉译的形式上,即定型还是不定型,如定型,是"5、7、5"还是别的形式。对"5、7、5"定型持反对意见的一派认为,译成"5、7、5"(17个汉字),会比原俳句增词加义,必然冲淡原作的浓醇的芳香,变得没滋寡味。实藤惠秀指出,俳句汉译时,译成"5、7、5"17个字过长。俳句的优势与生命在于简洁,翻译的增字为"兑水"(水をうめる),难说是忠实的翻译。就俳句汉译来说,尽管可以大体传达诗的意义,但译不出其中韵味(ニオイ)。(実藤惠秀・『俳句の漢訳について』)与实藤惠秀持类似看法者在日本文学史上还有不少,比如萩原朔太郎、西田几多郎、高滨虚子等。萩原朔太郎在《俳句不可能翻译》的随笔中有一段话:"要理解俳句的诗趣,读者本身至少应住在日本纸糊的房屋,坐在榻榻米上,喝着大酱汤,饮着绿茶,而且还必须生活在祖辈流传的文化之中。那些生活在空气干燥、既不长霉也不长青苔的干爽气候中,住在石头、金属造成的房子里的欧美人等,无论如何是无法理解俳句的,所谓的俳句翻译,由于这些根本问题,只能绝望地说是不可能的。"(『翻訳と日本文化』p.115)西田几多郎、高滨虚子也说过"俳句不可

译""俳句翻译劳而无功"等。对于俳句能否译成外国语言的问题，似乎已经没有争论的必要，因为现实中，俳句不仅被译成众多的外国语言，而且作为一种世界性的文学门类被用各种语言创作。但是，上述诸氏却为我们指出了俳句翻译的难点，也是重点、根本点。如："俳句的诗趣"（俳句の詩趣）、"日语独有的表现之美"（日本語によってのみ表現し得る美）、"日本人的人生观、世界观特色"（日本人の人生観、世界観の特色）（西田幾多郎·『思索と体験』）；"趣味"（面白味）、"其语言运作传达的景色感情"（その言葉の斡旋具合で景色感情を伝えるもの）（高浜虚子·『俳談』）；"味道"（ニオイ）（実藤恵秀·『俳句の漢訳について』）)。诸氏指出的俳句不可译处，可以概括为存在于日本文化，日本审美取向，日本人（作者）的人生观、世界观以及精神、情绪上的东西。这些文化上、情绪上的东西在俳句中往往是以隐蔽的、含蓄的、暗示的方式表现的，或者是非作者有意识表达，而要靠读者推断、理解的部分。如果只是语言意义上的翻译，即如高滨虚子所言"理解其意义并加以注解的程度"（同前），倒不大难，但要译出语言背后潜藏的、感情上的东西的确很难。然而这正是俳句翻译者的职责与使命。为使不同文化、不同语言背景的读者理解与接受，翻译者要尽可能地挖掘隐藏在语言深处的奥秘。"稀释"（水をうめる）就是俳句翻译的必要手段。钟敬文把领会俳句形象地比喻说："它像我们对经过焙干的茶叶一样，要用开水给它泡开来。这样，不但可以使它那卷缩的叶子展开，色泽也恢复了（如果是绿茶），更重要的是它那香味也出来了。"（《日本古典俳句选》p.7）要将俳句这么浓醇的东西介绍给外国读者，稀释是必要

的,就像往人体内输入葡萄糖时,都要加入稀释溶液,这样才便于吸收。

7)种滨秋寂寞,渔屋寥寥寺无火,凄凉胜须磨。
(寂しさや須磨にかちたる浜の秋)
(『おくのほそ道』)

　　从俳句的字面意义看,只有"种滨秋寂寞,胜须磨",但这种翻译对中国读者来说,是不完整的,感觉不到诗的形象。如果"兑水"加上"渔屋寥寥寺无火",就可较好地表现出芭蕉亲身感受到的凄凉气氛要超过以前书籍中所记载的须磨秋天的寥寂程度。当然,"渔屋寥寥寺无火"并非是无中生有臆造出来的,而是根据前文"种滨只有少许渔家小屋及萧条冷落的法华寺"的记述以及"切字"——"や"等综合分析得来的。
　　稀释与不稀释的译法表面上看是俳句翻译的形式问题,但实质却是对翻译的认识问题。忠实于原作是翻译者必须具备的起码道德,但不能要求译句不得有一丝一毫超出原俳句表层意义的现象。如果用表层意义对等去要求俳句翻译,那就否定了翻译就是阐释、再创作,也就扼杀了文学翻译的生命。
　　至于稀释容易造成译者的主观判断甚至武断,会产生理解上歧义,应该说这是大可不必担心的。翻译俳句时,当然应该尽可能准确地把握原句的内涵,并把它容纳到译句中。但由于译者学识、阅历以及所处文化背景的不同,截取原作者的感情、感受的方式必然会不同。对这种差异该如何理解呢?我们先看一下上田

真介绍的欧美人理解俳句的方式。欧美人理解俳句的着眼点主要有三个方面：一是形象性；二是禅；三是儿童诗因素。因篇幅所限，我们不能对这三个方面一一细说，只想就第二个方面——禅进行简单说明。英、美的禅热发端于20世纪50年代，由于外国的禅介绍者们认为俳句是禅的文学性表现，所以英译俳句的读者也认同这一观点。比如对芭蕉一首有名的俳句：

8）昔日动刀兵，功名荣华皆成梦，夏草萋萋生。
　　（夏草や兵どもが夢の跡）
　　　　　　　　　　　　　　　　　（『おくのほそ道』）

一位名叫富兰克·汉德莱的美国学者就把它与禅联系在一起作了解释。这首俳句出自芭蕉的《奥州小路》，是途经平泉拜谒藤原馆遗迹的怀古之作。汉德莱的解释是，这首俳句暗示了禅的相对性超越原理。按他的解释，这首俳句的中心是繁茂的夏草的形象。在灼热的阳光下，草闪着耀眼的光芒，这是生的象征。而在草的根部却幽暗地乱躺着武士们的尸骸，这些尸骸带着昔日的梦。联系梦与现实、死与生、过去与现在的是夏草的形象。芭蕉正是把夏草的形象置放到了俳句的中心地位。在解释中，对藤原氏三代的荣华、义经主仆的命运等历史背景一字没提。汉德莱的英译为：

　　In summer fields the grasses grow,
　　Startlingly lush and high.
　　So bright——

Beneath, the warriors darkling lie,

Their splendid dreams this afterglow.

(『翻訳と日本文化』pp. 120～123)

这种解释和翻译可能要遭到日本人猛烈的批判，因为在日本没有一个人把这首俳句与禅联系在一起。但是，俳句并非是日本人怎样读外国人就该怎样读、作者有什么意图就要按什么意图去读的文学。决定俳句意义者只能是读者。其实，日本人读俳句也是每一个人都在"翻译"、理解，一个个"翻译"也都存在微妙的不同，有时甚至大相径庭。因此一首俳句并不存在"唯一正确的理解"，也不存在"唯一正确的翻译"。可以说，包括俳句在内的所有诗歌作品，读者接受的都是他个人感到最具魅力之处。翻译也一样，是一个个译者把自己认为原作中最有魅力之处作为中心置换为外语的过程。

最后，我们再从俳句的翻译目的探讨一下"稀释"的必要性。翻译目的论创始人汉斯·弗米尔指出："所有翻译遵循的首要规则是'目的规则'，翻译目的决定翻译策略与具体的翻译方法。"（《普通翻译理论基础》，1984）尤金·奈达指出："当然，一篇译文最后的考验就是读者对象的反应，读者是如何接受、运用和欣赏这篇译文的，如果一篇译文的内容确实证明对读者有很大价值，译文的表达形式又值得读者的赞赏，这对于翻译者来说就是最大的安慰了。"翻译俳句的目的就是将日本文化中具有特定形式和独特创作方法的俳句介绍给目的语读者，并引入本国文化。这里说的读者是特定的，即具有中国文化背景、以汉语为母语的一般读

者（主要不应是日语学习者、日本文学研究者）。这就需要在翻译俳句时，充分考虑读者文化背景、对翻译作品的期待以及易于接受的表达方式等。

三、俳句翻译操作要点

上面一、二部分主要从宏观角度探讨了俳句的本质、诗歌翻译的性质，本部分拟从微观角度提出俳句翻译的操作要点。

1. 连"点"成"线"，复原语言意义

前面已多次提到，省略是俳句最大的特点。外山滋比谷指出："本来语言、文章等一般为线性表现，可当我们仔细地玩味时，就会发现或因休止符或因断句造成了割断。我们不断对割断方式进行深入研究、细致划分，最后就会变为点，而点与点之间的东西完全不要了。俳句就是把本应有的连接点与点的线进行剥离，剩下只有点的模式。因此，我们在欣赏俳句时，尽管欣赏者各不相同，但都试图发挥各自的想象力，通过剩下的点再现原来应有的线来。"（『文芸春秋』2010年5月增刊 p.36）

9）秋日菊芳馨，奈良景色看眼紧，古佛一尊尊。
（菊の香や奈良には古き仏達）

（『笈日記』）

这首俳句只是名词罗列，省略了动词。"や"的前后构成了两

道风景线，造成了一种叠加的风情。翻译这首俳句时，首先要再现连接句中点（各个名词）的线（主要是动词），即：鼻闻菊香，眼看古佛。

10）奈良七代都，古寺名刹多难数，八重樱花秀。
(奈良七重七堂伽藍八重桜)

『泊船集』

"七重"指奈良为元明、元正、圣武、孝谦、淳仁、称德、光仁7代天皇持续统治70余年之都；"伽藍"为寺院之意；"七堂"指"金堂""講堂""塔""鐘樓""経藏""食堂""僧坊"；"七堂伽藍"意为设施齐全的寺院。这首俳句也只是罗列名词——动词、形容词全部省略后形成的独立的"点"。再现连接"点"的线后意义是：在七代帝都的奈良，七堂齐备的寺院众多，有名的八重樱到处开放。

2. 分析语法功能词的表意作用

周作人指出："别国的短诗只是短小而非简省，俳句则往往利用特有的助词，寥寥数语，在文法上不成全句而自有言外之意，这更是他的特色。"（周作人·《石川啄木的短歌》，载于《诗》第1卷第5期，1922年5月）日语俳句短小却能表达丰厚的含义，很大程度上依靠助词、助动词等语法功能词。同作为孤立语的汉语不同，日语是黏着语，表示实质意义的单词（或词干）的语法作用由加在其后表示语法关系的词（或接词）来决定。日语中表

示语法关系的词除了具有规定词与词的关系的功能外，还具有添加意义、增加表现力的功能。但是，表示语法关系的词多为附属词，它们所表示的意义一般添加在独立词上面，因而显得含糊不清、伸缩性强，并具有作者个人的强烈的感情色彩。实际情况是，俳句的读者、译者在对俳句的语言进行分析时，往往重视词义、音韵，而忽略语法方面。从翻译俳句的实践来看，从分析语法功能词入手理解俳句的意义，是翻译俳句基本的、有效的手段。

11）何处觅笠岛，五月淫梅泥泞道，心冷如雨浇。
（笠嶋はいづこさ月のぬかり道）

『おくのほそ道』

日语是主观性很强的语言，表示主题、话题的"は"就常用来表示感情活动。"笠嶋"为藤原实方墓之所在地，芭蕉很早以前一直就想去拜谒，却不巧赶上天气恶劣，没能成行。俳句中的"は"是芭蕉万端感情倾注之处：想急切拜谒的心情，想去却去不成的懊恼，因梅雨导致道路泥泞产生的失望，等等。在综合分析这些之后，添加了"心冷如雨浇"。

12）草庐易新主，适值三月列人偶，荒凉变丽都。
（草の戸も住替る代ぞひなの家）

『おくのほそ道』

俳句中的"も"为副助词，与"は"一样，是主观色彩强烈

的表现，比如用于受到感动之时。"草の戸も"中的"も"是把"草の戸"作为"人世间时刻变化"的证据举出，而人无力改变，只能遵循这种变化，作者为此无比感伤。终助词"ぞ"表示强调，这里表示芭蕉出游的决心。根据以上分析，在原文字面意义"草庐易主，列人偶"的基础上，增加了"荒凉变丽都"，全句表达了作者悲寂的心情：连像自己这样遁世之人住的草庵也会易主，变为摆满人偶的热闹景象，真是世事变化不可抵挡。

3. 寻找俳句中藏匿的作者的感情

俳句是表现内心的文学，含有作者丰厚的感情。但是，这种感情并非明言在外，而是藏匿于不言之中。新田义彦指出："俳句作为典型的简洁文例，明言甚少。对所述之事的背景、前提、理由、结果、时间、空间等，皆取不言方式。正因为此，给不同读者按照自身所处状态、境遇、时空解释俳句增大了自由度。"（新田義彦・『経済集志』第83卷第1号）看来，从"不言之中"找出作者藏匿的感情，应该是俳句翻译的重中之重。

13）幽幽古池塘，青蛙入水扑通响，几丝波纹荡。
　　（古池や蛙飛びこむ水の音）

（『春の日』）

这首俳句给出的字面意义仅为"古池、蛙入、水声"，这些可以看作是"不言之言"，而从中找出作者的感怀、印象、谛观、开悟、禅境等则是翻译成败的关键。比如，可以试着这样分析："古

池"——永久存在的时间;"蛙飛びこむ"——一瞬间的动作;"水の音"——寂静中的波纹。这些综合在一起,表现了芭蕉幽玄的审美取向。在找到作者精神上、情绪上的东西之后作如上翻译。

14)跋涉过白河,聆听乡风插秧歌,风流味初得。
(風流の初やおくの田植うた)
(『おくのほそ道』)

芭蕉耗时约5个月的"奥州小路"之旅,目的该是寻找"风流"。为羁旅之苦身心疲惫的作者,在越过白川关后,终于感受到了"风流"。俳句中用"風流の初や"的"や"与后面做了割断,提醒读者把注意力移到其后的"おくの田植うた"上,让读者去推测芭蕉认为"风流"并珍视"古老的插秧歌"的理由。译文考虑到芭蕉经历艰辛始尝"风流"的述怀情感,并留给读者对"乡风插秧歌"何以"风流"的想象空间。

俳句汉译形式

诗歌按形式分类,可分为定型诗(格律诗)和自由诗。定型诗指具有一定的形式和音数、韵律,按传统诗歌形式创作的诗,如中国的律诗、绝句,欧美的十四行诗,日本的短歌、俳句等。日本诗歌不讲究押韵,定型诗是以音数为基本音数律发展起来的。

"定型""季语""切字"是构成俳句的三大要素,其中"5、7、5"的形式是最重要的。没有形式便没有俳句,可以说形式是俳句

的生命。克罗齐说:"同一部诗的题材可以存在于一切人的心灵。但正是一种独特的表现,就是说,一种独特的形式,才使诗人成其为诗人。"(《美学原理》,商务印书馆,2012)黑格尔也指出,没有无形式的内容,内容所以成为内容,是由于它包括所有成熟的形式在内。(《小逻辑》,商务印书馆,1980)一个民族的语言的音乐性最集中地体现在它的优秀诗歌中,由"5、7、5"组成的17音的俳句形式,是日本人根据日本音韵的特点和日本古代歌谣、和歌的形式,经过长期的摸索而逐渐固定下来的。它是日本诗型合理范围内的最短形式,既蕴含着丰富的音乐性,又可容纳千变万化的感情。

俳句深受日本人民喜爱。前面曾经提到,日本俳人协会会长鹰羽狩行说日本俳句人口为2000万,约占总人口的16%。俳句的作者可以说涵盖了日本各行各业的所有年龄层的人,行业协会、行政机构、企业组织、各类媒体等举办的各种比赛常年不断,参赛者非常踊跃。比如,伊藤园举办的"香茶新俳句大奖赛",1999年投稿作品100万首,2004年累计突破150万首,到2006年累计投稿竟达3000万首。不仅如此,随着世界文化的相互交融,俳句还作为一种颇具魅力的抒情诗走出国界,现在世界上有不少国家在介绍、研究俳句,并且用本民族的语言创作俳句。俳句这种古老的文学样式不仅经历了四个多世纪风风雨雨的考验,久传不衰,而且大有风靡日本列岛,席卷全球之势。这不能不说是一种足以令人吃惊的文化现象。俳句何以受到人们如此青睐?究其原因,可以认为主要就在于它短而读起来上口的形式。正因为短而上口,才使得它非常便于记忆,同时也使得它具备了通俗的性格。据说,日本的俳人都能背诵几十首有名的俳句,就是普

通的俳句读者，也大都能背诵几首。背诵俳句不像背诵其他东西那样需要特别下苦功夫，一般的俳句只要读过两三遍，便可自然记住。这是因为俳句的长度正好符合普通人头脑便于记忆的范围。短歌为31音，比俳句增加了14个音数，而记起来则要难得多，不有意识地反复记忆便记不住。至于"5、7、5"的音律，对日本人来说就更加自然、熟悉。山下一海形象地比喻说："人们在平常使用日语时，头脑中便像望潮鱼（一种小章鱼）那样，形成了宛如饭粒般多的俳句形式的储存器，等待着'5、7、5'形式的俳句的进入。"(『俳句・そのこころ』p.103)日本学者中西进在一篇题为《语言的力量》的文章中，援引《古今和歌集》序言及本居宣长的和歌观时说："地球上的人种有各种各样的呼吸方式，而5、7调式正是产生于日本人的自然的呼吸法。""依照此说，和歌则是发端于生命的本源，超越我们人之所为，具有与生命本身共鸣形式的语言。"(『文芸春秋』p.8)看来，日本人已经把"5、7"的节奏推崇到神化的地步，他们认为这种节奏发端于生命本源，自然生成，而非人工创造。讲到这里，似乎已经无须赘言，俳句之所以为人们喜闻乐见，广泛流传，就是因为它那独特的形式。天下诗事同一理。唐诗、宋词能够流传，主要也在于它们的形式；一曲"洪湖水浪打浪"，能够记住歌词（内容）的人并不多，但大部分中国人都会自然地哼出它的曲调（形式）来。

俳句"5、7、5"的形式，汉译时该如何对待呢？我们先从翻译的目的和我国翻译俳句的实践进行探讨。"翻译目的论"的创始人汉斯·弗米尔指出："所有翻译遵循的首要规则是'目的规则'，翻译目的决定翻译策略与具体的翻译方法。"(《普通翻译

理论基础》，1984）日本翻译家越前敏弥指出："归根结底，要在让人能够去读的前提下创作译文，翻译技术只能靠此掌握。"（『翻訳百景』）尤金·奈达在《论翻译》中提出了"动态对应"（dynamic equival，也有译成"动态对等"的）的标准，后来又在《从一种语言到另一语言》中把"动态对应"改为"功能对等"（Functional Equivalence）。"功能对等"就是把读者的反应作为评价译文的标准，如果译文读者对译文的反应和原文读者对原文的反应大致相等，那么就可以算作合格的翻译。这个标准实际上是以翻译实践的效果来检验翻译的准确性，符合马克思主义的认识论。他还指出："当然，一篇译文最后的考验就是读者对象的反应，读者是如何接受、运用和欣赏这篇译文的，如果一篇译文的内容确实证明对读者有很大价值，译文的表达形式又值得读者的赞赏，这对于翻译者来说就是最大的安慰了。"

概括说，翻译的目的是引入异文化。翻译俳句的目的就是将日本文化中具有特定形式和独特创作方法的俳句介绍给目的语读者，并引入本国文化。汉译俳句的读者是特定的，即具有中国文化背景、以汉语为母语的一般读者（主要不应是日语学习者、日本文学研究者）。这就需要在翻译俳句时，充分考虑读者文化背景、对翻译作品的期待以及易于接受的表达方式等。

在大约一百年前的20世纪一二十年代，中国文学界开始了一场"文学革命"，掀起了创作被称为"新体诗"的白话自由诗的热潮。这种"新体诗"是在翻译和介绍外国诗歌的背景下诞生的，具体说，哲理诗受到了印度诗歌的影响，抒情诗受到了日本诗歌的影响。这一时期，周作人翻译了不少日本的短歌、俳句，

还先后发表了《日本的俳句》(1916)、《日本的诗歌》(1921)和《论小诗》(1922)等文章,对"新体诗"的创作产生了很大影响。周作人十分推崇日本的短歌、俳句,认为"日本的歌实在可以说是理想的小诗","因为这样的小诗颇适于抒写刹那的印象,正是现代人的一种需要",如若"怀着爱惜这在忙碌的生活之中浮到心头又复随即消失的刹那的感觉之心,想将它表现出来,那么数行的小诗便是最好的工具了"。在他的影响之下,当时的诗人们纷纷效法日本短歌、俳句的模式,竞相创作一两行或三四行的短诗,于是迎来了"小诗运动"的繁荣时期。

　　　　清酒一壶(一壶の清酒)
　　　　独饮(独り飲む)
　　　　伴着荷花(蓮の花を伴い)

　　　　　　　　　　　　　　(何植三)

　　　　七叶树呵(橡よ)
　　　　你穿了红的衣裳嫁与谁呢(お前は誰に嫁ぐために赤い着物をまとったんだい)

　　　　　　　　　　　　　　(潘四)

　　　　穿过了枫林(楓の林を通り過ぎ)
　　　　恍惚见了一个影子(ちらっと姿を見たような気がした)
　　　　我道是只蝴蝶(私は蝶だと思ったのだが)
　　　　原来是一片落叶(なんと一片の落葉だった)

　　　　　　　　　　　　　　(何植三)

"小诗"显而易见受到了俳句形式上的影响。对此，周作人指出："至于影响只是及于形式，不必定有闲寂的精神。"那次受俳句影响创作"小诗"及其后形成的"小诗运动"，被后来的研究者称为"汉俳的准备期"。20世纪70年代末，随着中国改革开放政策的实施，日本俳句被大量地翻译、介绍到中国。80年代初，从事中日友好事业的文化人开始写作由17个汉字构成的"汉俳"。1980年5月30日，在欢迎以大野林火为团长的"日本俳人协会访华团"的宴会上，赵朴初写下了借用日本俳句"5、7、5"形式的诗句："绿荫今雨来，山花枝接海花开，和风起汉俳。"（緑陰に今雨来たり、山花の枝は海に接して花を開き、和風は漢俳を起こす。）从此，汉俳的称谓得以固定。这个时期被称为"汉俳的诞生期"。

1980年后，由公木、赵朴初、林林、钟敬文、袁鹰等开始的汉俳创作逐渐在一般的诗人和俳句爱好者中普及开，屠岸、邹荻帆、王辛笛、黄树则、徐放、丁芒、杜宣、罗洛、王蒙、刘德有、谢宜鹏、林岫、纪鹏、晓帆等是其中的代表。《人民文学》《诗刊》《人民日报》《中国风》《九州诗文》提供了汉俳发表的阵地。1999年以后，随着写作汉俳的人迅猛增加，又有十几家杂志刊登汉俳作品，并有数十种汉俳集问世，还成立了"中国中日歌俳研究中心""中国汉俳学会"等组织。这个时期被称为"汉俳的成熟期"。与俳句相比，汉俳规则较少，给创作者以自由，但一般遵循以下规则：

1. 由5言、7言、5言构成；

2. 文言、口语不限；

3. 大体押韵，韵脚自由；

4. 无平仄限制；

5. 不要求季语。

从百年前引进日本俳句，到出现"小诗"确立"汉俳"，可以说这是中日文化交流史乃至世界文化交流史上的成功案例，而汉俳则是中国文坛上的一朵奇葩。通过汉俳与俳句规则的比较可以发现，汉俳借用俳句的主要是形式。

下面，我们讨论俳句汉译的具体形式问题。关于这个问题，在从1979年开始的几年里，我国日本文学界曾展开过热烈的争论，争论的焦点基本集中于汉译的形式上，即定型还是不定型，如定型，是"5、7、5"还是别的形式。争论的最终结果是各执一词，莫衷一是。当然，争论的目的并不是非要分出是非曲直，也不是非要统一到哪种固定的形式上（实际上也做不到），而是要讲清其中的道理。成仿吾指出："译诗虽也是把一种文字译成第二的一种文字的工作，然而因为所译的是诗——一个整个的诗，所以这工作的紧要处，便是译出来的结果也应当是诗。……总而言之，译诗第一要'是诗'。"（《中国翻译》，1984年第8期pp.1~6）尤金·奈达也指出："虽然相对于内容，文体是第二位的，但绝非说文体不重要。我们不能把诗歌翻译成散文。"从两人的主张中我们可以得出以下结论：翻译俳句时，译出的作品一定要是"俳句"，而译出的作品之所以成为"俳句"的重要条件不是内容，而是形式。如果我们把俳句译成一句话或两句诗，我们该怎么告诉读者这就是俳句呢？就像把十四行诗不译成十四行诗却硬说这就是十四行诗一样。下面围绕具体译例进行说明。查找手头的资料，发现芭蕉"古池"俳句的汉语翻译竟有33种之多：

1. 古池,青蛙跳进水里的声音。　　　　　（周作人）
2. 古池塘,青蛙跳入水声响。　　　　　　（林　林）
3. 苍寂古池呀,小蛙儿蓦然跳入,池水的声音。

（成仿吾）

4. 苍寂古潭边,不闻鸟雀喧。

一蛙穿入水,划破镜中天。

（姜晓成）

5. 古寂一池塘,忽有青蛙跃入水,水声久回荡。

（吴小璀）

6. 古池冷落一片寂,忽闻青蛙跳水声。

（罗传开）

7. 寂寞里,古池塘,青蛙跳入水声响。　　（李　怡）
8. 古池历沧桑,蛙入水声响。　　　　　　（宋协毅）
9. 古池幽静,跳进青蛙闻水声。　　　　　（李　芒）
10. 幽幽古池畔,蛙入碧水声如幻。　　　　（佚　名）
11. 幽幽古池塘,青蛙入水扑通响,几丝波纹荡。

（陈　岩）

12. 幽幽古池塘,青蛙跳破池中寂,叮咚春水喧。

（黄云鉴）

13. 幽幽古池畔,青蛙跳破镜中天,叮咚一声喧。

（陈德文）

14. 幽幽一春潭,蛙跃击破水中天,声波激滟间。

（江砚丽、李天行）

15. 春日古池幽，青蛙跳水破寂静，夏日若将至。

（陈 光）

16. 幽幽古池塘，蛙跃春水喧。　　（黄云鉴）

17. 古池幽且静，沉沉碧水深。

青蛙忽跳入，激荡是清音。

（檀 可）

18. 悠悠古池畔，寂寞蛙儿跳下岸，水声——轻如幻。

（王树藩）

19. 悠悠古池塘，蛙入一声响，涟漪泛波浪。

（江研丽，李天行）

20. 青蛙跳入古池塘，但闻水声响。　（宿久高）

21. 古池塘，一蛙跳进闻幽响。　　（李 芒）

22. 古池塘，青蛙跳入，水声响。　（王 勇）

23. 古池塘，青蛙入水，水声响。　（华侨青年）

24. 古池蛙跃入，止水发清音。　　（蒍祖兰）

25. 古旧池塘边，青蛙默然跃中间，叮咚一声喧。

（佟 君）

26. 青蛙跳进古池中，噫嘻闻水声。　（李 芒）

27. 蛙跃古池内，静潴传清响。　　（彭恩华）

28. 青蛙入古池，古池发清响。　　（佚 名）

29. 古池秋风寒，孤伶伶蛙纵身跃，入水声凄然。

（宁 粤）

30. 古老水池滨，小蛙儿跳进水里，发出的清音。

（沈 策）

31. 古池塘，一蛙跃入，水声响。

（刘庆会、刘德润）

32. 古池畔，青蛙跃入，水声传。　　　（王宏斌）

33. 古池塘，青蛙入水发清响。　　　　（李　芒）

主张非定型者，认为汉译形式可以完全自由；主张定型者，提出形式除"5、7、5"外，还有"3、4、3"，"4、4"，"5、5"，"5、5、5"，"5、5、5、5"，"7、7"等。这里，我们不想评论各自的优劣，只想从"5、7、5"与汉语的相合性角度进行论述。

据钟敬文先生考证："我们古典诗歌里，词体最短的是'竹枝'，单调的每首二句14字。其次是'归字谣'，每首16字。诗体最短的五言绝句，四句20字。"也就是说，在我国固有的诗体中，没有"5、7、5"的三行形式。汉译如采用"5、7、5"（共17字）的三行排列形式，既不失其原形，又不混同于我国五言绝句等诗体，可以给人以耳目一新之感。而且，与我国固有的诗体相比，俳句的汉译字数仍然是最少的。从语言的音律方面看，也需要"5、7、5"的形式。汉语中诗的语言表达讲究从容不迫，断续相间，并不一口气说完，而要让一个发散的意象团块自然拼接，推宕语气组成传达诗意的全息景观，只有一句的诗是很难传达出诗的神韵的。诗的美感特征主要在于吟诵时的节奏。汉语句子的生动之源是于流动之中显节奏，于循序渐进中表事理。汉语词汇多为合成词，字数过少难于显出节奏，难于循序渐进地引导读者进入原句的"作品世界"。再者俳句中的"季语""切字"往往具有字面外的丰富含义，对这些也必须进行补位式的阐释。关于这

方面，前面已经有宏观上的论述，这里不再赘言。尽管在我国固有的诗体中没有"5、7、5"（共17字）的形式，但5字、7字的调式却古已有之，是我们喜闻乐见、再熟悉不过的了。在我国古代诗歌中，如李白的《梦游天姥吟留别》杂言诗，就是5字句与7字句兼用的。这些为俳句"5、7、5"的汉译形式进入中国提供了形式上的准备。

下面，再列出几首汉俳，以证俳句汉译之功。

和风化细雨（和風細雨と化し）
樱花吐艳迎朋友（桜花艶を吐き朋友を迎う）
冬去春来早（冬去り春来ること早し）

（温家宝）

嘤嘤求友声（鳥は鳴き）
一苇可航渡两京（舟渡る）
同抒千载情（二都友親し）

（林　林）

细雨润东风（細雨東風を潤し）
遥思诸友梦魂中（遥かに思う諸友は夢魂の中）
小园花正红（小園の花正に紅なり）

（王　蒙）

花事到荼縻（バラの花）

又错过赏春时节（見果てぬ春ぞ）

且待来年吧（明日待たん）

（钟敬文）

幸会在行宫（行宮に）

袅娜枝垂照眼红（逢い合う二人）

树树笑东风（樹も笑う）

（袁　鹰）

俳句季语的翻译

"季语"是日本俳句中表示特定季节的词语。创作俳句重要的规则之一是使用"季语"，即要在"5、7、5"17音的定型句式中加入季语方能构成俳句。日本昭和时代著名俳人石田波乡有言："俳句是生活中面对变化无穷的季节，于悲凉或流浪中小坐即成的作品。"（俳句は生活の裡に満目季節をのぞみ、蕭々又浪々たる打坐即刻のうた也。『鶴』戦後復刊第1号）意思是说日本人与季节变化共生存，而俳句就是吟咏这种关系的文学。

日本国土狭长，四季分明，培育了日本人对季节变化敏锐的感受性。日本人热爱自然、崇尚自然，古来就有赞美自然的传统。奉醍醐天皇之命编撰的、成书于公元905年（延喜五年）的《古今和歌集》就是以春歌、夏歌、秋歌、冬歌之序开始的。到镰仓幕府成立时，就已经有了"连歌"的第一句"发句"（第二句叫"胁句"，以下按顺序分别叫"第三句""第四句"等，最后结

尾的一句叫"举句")中必须加入"季词（季の詞）"（季语）的规则。至江户初期，"发句"独立于"连歌"，称为俳句，自然保留了使用"季词"（季语）的规则。季语分为春、夏、秋、冬、新年5大类，并且在季节之下进一步分为节气、天文、地理、生活、节庆、动物、植物7项（也有分为9项的，即加上忌日、食物）。季语数量庞大，在三省堂辞典网页版编辑部编撰的《词汇之壶连句·俳句季语辞典十七季》第二版中，收录的季语数量约有1万个。据说，春、夏、秋、冬四季当中，夏季的季语数量最多，主要是因为夏季的动物、植物季语数量多，约占动物、植物季语总数的51%。之所以出现这种情况，可能是因为夏季草木繁盛、动物数目增加所致。

关于季语与俳句的关系，长谷川櫂有一段精彩的论述："季语具有普通词语所没有的作用。普通词语指物言事，而季语则蕴涵着悠久的时间和广阔的空间，即季语的宇宙。把季语咏入俳句，就是把季语的宇宙携入俳句。俳句是短小的艺术形式，必须有一个词中蕴涵着巨大宇宙的季语。"（長谷川櫂·『一億人の俳句入門』講談社）就是说，并非是季语赋予了俳句季节感，而是俳句在享受季语的宇宙。以上论述指出了季语于俳句的作用及重要性，在分析时不仅应该关注季语词汇本身的意义，而且也应该关注其包含的意义，诸如季节、自然的样态，人的生活方式、情感等。作为日本人审美意识集大成的季语，其具有季节感、想象力、象征性三大特征，在俳句中发挥暗示、联想、象征、比喻等作用。

15）重睹烂漫樱，万千思绪满心中，花同人不同。

(さまざまのこと思ひ出す桜かな)

(『笈の小文』)

　　上面是松尾芭蕉于1687年（贞享四年）3月由江户返回故乡伊贺上野时，应旧主藤堂良忠遗子良长之邀赏樱时所作俳句。这是阔别20年后的再访，此时良忠已故去多年，其子良长也已23岁，而芭蕉时年44岁。眼前烂漫的樱花唤醒了俳人记忆中尘封已久的人与事，令其不由感慨万端。"樱"是代表春天的花，是春天的季语，它会使人联想起4月初的空气味道、风光景物。当然，俳人联想到的是"樱"带来的大世界中属于自己的小世界，对芭蕉来说，应该是作为良忠扈从时的种种往事。据说，熟知汉籍的芭蕉可能受到了唐朝诗人刘希夷《代悲白头翁》中"年年岁岁花相似，岁岁年年人不同"的影响。

　　季语于俳句的重要性和季语的特征决定了俳句翻译的重点和难点。如前所述，季语所表示的绝不单单是季节感，还体现民族的审美意识，包括想象力、象征性等丰富的文化内涵。比如，前面所引芭蕉俳句中的季语"樱"就是一个典型的美学象征符号。哲学家、宗教学家山折哲雄指出："了解日本文化的捷径，是搞清日本人与樱花的关系。"（山折哲雄・『日本人の心情』日本放送出版協会、1995）在平安时代（794—1192）之前，日本人心中的花不是樱花，而是梅花，以至于有"梅花奈良时代"（梅の奈良时代）的说法。可是，当迁都平安京（现京都市）后，皇宫中紫宸殿庭院中的梅花枯萎，这才种植起樱树。从那时起，樱花开始取代梅花登上百花之王的宝座。经历平安、江户、明治等时代，樱

花不仅深深植根于日本人的精神世界，而且渗透到了日常生活之中，获得了"国花"的美誉。虽然不同历史时期体现在樱花身上的审美取向有所变化，但都体现了日本大和民族共同的审美观念与价值规范。樱花所代表的审美观念似可概括为以下四个方面：一、反映了日本的集团主义意识；二、是吉祥与希望的象征；三、体现了日本大和民族的价值观（"宁为玉碎，不为瓦全"（花は桜木、人は武士））；四、符合日本人的审美情趣（"恬淡"（わび）、"古雅"（さび））。

以上探讨的是季语"樱"总体的、一般的审美形象，而不是"樱"在一首俳句中作者所赋予它的特定的、具体的形象。用中国的"意象"去解释这个问题或许更为透彻。作为中国诗学理论用语的"意象"尚不为日本学界所熟知，检索几种主要的辞典，只是在《日本国语大辞典（精选版）》中检出该词，解释为："心中描绘的姿态或形象。心中所思所想。想念，心象，幻想。"例句为："观音是理想的母亲，生发孕育万物的大慈悲精神，（略）吾于是年想要描绘这一意象。"显然，与中国的"意象"不尽相同。但实际上日本短歌、俳句的作者自古就借用中国诗歌创作手法的"意象"从事创作活动，甚至一部分日本的研究者也以意象为切入点进行中日诗歌的比较研究。（川本皓嗣・『日本詩歌の伝統——七と五の詩学』岩波書店、1991）胡应麟指出："古诗之妙，专求意象。"（《诗薮》）可以说，在中日定型诗中，"意象"是不可或缺的表现手法。"意象"属于美学的范畴，"意"指的是心意，"象"指的是物象，"意象"是对物象的感性形象与心意状态的融合，是心中所蕴含的具体形象。

对此，袁行霈从意象与物象的区别出发，对意象的概念进行了论述："古人所谓意象，尽管有种种不同的用法，但有一点是共同的，就是必须呈现为象。那种纯概念的说理，直抒胸臆的抒情，都不能构成意象。因此可以说，意象赖以存在的要素是象，是物象。物象是客观的，他不依赖人的存在而存在，也不因人的喜怒哀乐而发生变化。但是物象一旦进入诗人的构思，就带上了诗人主观的色彩。这时它要受到两方面的加工：一方面，经过诗人审美经验的淘洗与筛选，以符合诗人的美学理想和美学趣味；另一方面，又经过诗人思想感情的化合与点染，渗入诗人的人格和情趣。经过这两方面加工的物象进入诗中就是意象。诗人的审美经验和人格情趣，即是意象中那个意的内容。因此可以说，意象是融入了主观情意的客观物象，或者是借助客观物象表现出来的主观情意。"(《中国古典诗歌的意象》p.65）

以上论述为我们在翻译俳句时分析季语提供了理论依据。结合俳句翻译实践，试提出三点分析季语的基本做法：

一、把握季语的基本文化内涵，即季语总体的、一般的审美形象。这种形象是一个社会、文化集团成员共有的、普遍的认知，而不是个人化的认知。比如，春天的风作为季语就有"春风""东风""春一番""春岚"等40多种说法，春天的风总体的形象是生机、活力、旺盛，这种认知不仅为日本共有，在中国也是相通的。

16）春风拂大地，春色盎然枝头闹，盼有花儿笑。

（春風にふき出し笑う花も哉）

（『続山の井』）

春风与花象征着如影随形、夫唱妇随的夫妻关系，是中日两国诗歌中常见的意象。唐诗中就有"桃花依旧笑春风"（崔护《题都城南庄》）的诗句。再者，"笑"也作"咲"，因此也带有开花之意。

有些季语的审美形象是日本特有的，对异文化背景者来说是难以理解的，对此应予以充分注意。如春天的季语"花阴"（花曇り），词典释义是"樱花开放时常有的阴天"，但作为季语的文化内涵却远非如此，它包含的要素有"樱花"与"阴天"，日本人正是从阴天下樱花的样子感受到了哀愁，进而将其升华为民族共有的美学象征符号的。下面是芭蕉对"花阴"（花曇り）的移花接木之作：

17）混沌一方天，苦楝浇雨汗不断，身疲神黯然。
　　（どんみりと樗や雨の花曇り）

『芭蕉翁行状記』

芭蕉这首俳句写于1694年（51岁）进行最后一次旅行的途中。当时，芭蕉体力不支，心情不快。他在俳句中把一般的"花曇り"改成了"樗の花曇り"，与不快指数特高的"どんみり"（阴沉、混沌）一起突出了闷热忧郁的心境。

二、摸清俳人寄托于季语上的思绪与憧憬。这种情感为俳人个人所有，是季语总体审美形象的个体化产物，是对总体形象的深化、细化或变异、反转。比如，在按季节分类的关于风的季语中，最常用的是秋风的季语，也许是因为草木枯衰，凉风沁骨，

容易引起哀愁之情的秋与日本人的心情相合；或者是因为四季中最短的秋与自古就推崇瞬间之美的日本人的审美取向相符。季语秋风的总体形象是寂寥与哀愁，但俳人加给它的却是不尽相同的情感。

18）秋风凄凄吹，折我手中桑木杖，悲痛叹无依。
（秋風に折れて悲しき桑の杖）

（『笈日記』）

19）烈日灼灼照，残暑无情秋却到，爽风吹来了。
（あかあかと日は難面もあきの風）

（『おくのほそ道』）

18）是芭蕉为急逝的最年长的门人岚兰写的悼诗。自己所依靠的岚兰宛如空心质脆的桑木手杖突然折断，芭蕉失去了依靠，心中出现了难以填平的空洞。秋风象征悲痛无助。19）的秋风为舒爽的意象，用体感变化表示内心的欣喜。

"五月雨"是夏的季语，即梅雨。对日本人来说，这是一个凶险、难缠的存在，但俳人对这一意象截取的角度却不一样。

20）光堂灿金辉，百年不断五月梅，独不落其内。
（五月雨の降のこしてや光堂）

（『おくのほそ道』）

21）梅雨云蔽天，葵花追日不偷闲，转首向西边。

　（日の道や葵傾く五月雨）

『猿蓑』

20）是作者拜谒中尊寺时作。虽经百年风雨，寺中的经堂、光堂仍完好无损。季语"五月雨"是作为反衬的凶险；21）则是赞颂葵花坚韧的属性，季语"五月雨"起烘托之效。

三、分清所用季语的修辞手法及作用。从修辞角度看，季语往往在俳句中起暗示、联想、象征、比喻、夸张、比拟、衬托、双关、白描等作用，这些也是翻译时必须搞清的。

22）晚秋日落早，暮色苍茫人迹杳，独吾行此道。

　（此の道や行く人なしに秋の暮）

『笈日記・俳文』

此句的季语起暗示作用。"秋日黄昏"（秋の暮）暗示芭蕉所提倡的"此道"（此の道）——俳句创作新风——尚未被弟子们认同，芭蕉因之感到孤独。

23）瀚海涌怒涛，银河一道横空耀，直贯佐渡岛。

　（荒海や佐渡に横たふ天の河）

『おくのほそ道』

这首俳句的季语"天の河"应该是起联想作用的。俳句出自

松尾芭蕉的旅记《奥州小路》。据芭蕉在『銀河の序』等中所言，这首俳句为在出云崎所作。面对波涛汹涌、颜色灰暗的日本海，芭蕉不由发出凄绝的"荒海や"的咏叹，而就在这波涌浪翻的大海里，佐渡岛藏起身形，昏黑一片，而天上的银河却向它直泻下来。这首熔天、海、岛为一炉的作品可谓气势雄壮恢宏。但是，佐渡又是有史以来流放罪人之地，那里秘藏着各种各样悲伤的历史。面对寂然立在波涛中的孤岛，因漂泊之旅疲惫的芭蕉又有一种难耐的悲伤与凄凉。

24）寒晨踏山路，飘来梅花香郁馥，朝日猛蹦出。
(むめが香にのつと日の出る山路かな)

『炭俵』

芭蕉的这首俳句中季语为"梅"，示春天，起象征作用。天尚未明，便踏上了山路，此时不知从何处飘来梅香。因时值早春，且在凌晨，令人感到春寒料峭、冷气侵身，而恰在此时，朝日破云猛地蹿出。俳句以朝日突然出现象征美好春天的到来。句中的"のつと"虽然有些俗而不雅，但它却烘托出了俳句清冷的季节感与不见梅花只闻其香的意境。"のつと"也反映了芭蕉晚年主张并实践的"平易轻松"（軽み）的俳谐创作理念。

25）寂静一何极，漫山蝉鸣急如雨，声沁岑岩里。
(閑かさや岩にしみ入る蝉の声)

『おくのほそ道』

此句中的"岩にしみ入る"巧妙地使用了比喻手法。蝉鸣及意境取自寒山的"有蝉鸣，无鸦噪……石磊磊，山陕陕"之诗句。

26）云雀高空旋，吾憩山岗入云端，俯听鸟鸣啭。
（雲雀より空にやすらふ峠かな）

『笈の小文』

在高岗上一边休息，一边俯视其下飞舞的云雀，愉悦无比。句中的"空"为天之意，表示作者所在高岗高入天空，是夸张之笔。

俳句"切字"（切断）的理解

"切字"是俳句中用来表示"切断"的词。"切字"（切断）同"定型""季语"一起构成俳句的三大要素。"切字"（切断）的功能有两大方面：一是用在连歌、俳谐的"发句"句末，使"发句"独立与完结；二是用在俳句的中间或最后，以切断俳句的音调或内容，表示感动、赞叹。所谓切断，就是使之产生空白，以音乐比，可称之为休止符；以绘画比，可称之为余白。"切字"不仅可以给一首俳句以独立的性格，还可以使俳句增加起伏、曲折，起到回音壁的效果——靠间隔酿出微妙的意义，使人体会到其中悠长的余韵。

对"切字"（切断）于俳句的重要程度的认识，日本俳人的观点不尽相同。清水杏芽认为，虽然俳句以17音节、季语、切断为三要素，但17音节、季语都缺乏创造诗的力量，"只有有形

无形的'切断'具有创造诗的力量,创造出包括17音节、季语的诗——俳句——来"。(清水杏芽・『俳句は十七音字と「切レ」とで成立する詩である』1999年、沖積舎)石田波乡说:"韵文,特别是我们的俳句,对表达上的核心因素一定要严格对待。为此,我本身肯定使用'や''かな''けり'。这是我特意要强调的。"(復本一郎・『俳句実践講義』2003年、岩波書店)针对对"切字"(切断)绝对重要、极其重要的看法,堀口希望提出,不必绝对强调俳句有无"切断",重要的是看有无诗意。(『沖』2010年10月号)尽管徘人对"切字"(切断)的重要程度认识不一,但还没有人提出过"切字"(切断)无用论,可见它在俳句表达上的重要作用。

除代表性的"切字"——"や""かな""けり"外,还有连歌、俳谐中秘传的其他切字——"もがな・し・じ・らん・か・よ・ぞ・つ・せ・ず・れ・ぬ・へ・け・いかに",它们一起构成"切字十八词"。芭蕉甚至说:"当用作切字时,十八个词都是切字,不用时一个词也不是切字。"意思是说,只要在俳句中起切断作用的,都可叫作"切字"。下面具体分析"切字"在俳句中的作用。

"や"为感叹助词,多用于"上五",表示感叹、呼唤。

27)踏寻不破关,秋风瑟瑟迹不见,竹从连庄田。

(秋風や藪も畠も不破の関)

『野ざらし紀行』

俳句中的"不破の関"位于今岐阜县不破郡关之原町，为日本古三关之一，是经常入诗之胜。芭蕉执杖前来造访，只见昔日的雄关已踪迹全无，有的只是秋风掠过的竹丛、庄田。俳句中的"切字"——"や"表示咏叹。俳句以"秋風や"隔断，然后用"中七"——"藪も畠も"的实与"下五"——"不破の関"的虚同"秋風"互为衬托，道出对世事兴衰、人生无常的无奈。

28）明月洒银辉，兴绕池水独徘徊，终夜人未睡。
（名月や池をめぐりて夜もすがら）

（『孤松』）

芭蕉写这首俳句时43岁，正值人生的盛期，他与弟子们赏月之后余兴不减，绕着"蛙飛びこむ"的古池整整走了一夜。"名月"后的"や"道出了兴奋的心情。

29）餐时食紫菜，竟让细沙硌着牙，到底已老迈。
（衰や歯に食あてし海苔の砂）

（『己が光』）

这首俳句是芭蕉的晚年之作，不仅充满新鲜的感觉，而且"上五"断句、"下五"以名词结句的做法在语法上也颇具典型意义。由吃紫菜细沙硌牙意识到了自己的衰老，因为这在年轻时是根本不值得一提的。"上五"用"や"慨叹老之已至，"中七""下五"对其举证。

"かな"为终助词,多用于"下五",表示完结、感叹。"かな"之所以多用于一首俳句的最后,是因为由"かな"切割之后会立即产生逐渐增大的余韵,若其后再接其他词,难以与"かな"之前的词形成一体感。

30)又作漂泊旅,曝尸荒野亦不悔,秋风寒脊背。
   (野ざらしを心に風のしむ身かな)

『野ざらし紀行』

这首俳句为芭蕉出游的启程之作。在瑟瑟的秋风中踏上旅途的芭蕉,感慨良多。他想到逝于漂泊途中的西行、宗祇,还有中国唐代的杜甫,一股悲壮之情油然而生。哪怕毙命荒野,为鸟兽所食,自己追随先人的漂泊之志也不会改变。终助词"かな"不仅赋予了俳句独立性,使其耸然突兀,还给了俳句"风萧萧兮易水寒,壮士一去兮不复还"的余韵。

31)又作归乡旅,身摇腿晃扶麦穗,此别会难期。
   (麦の穂をたよりにつかむ別れかな)

『有磯海』

元禄七年(1694年)5月11日,51岁的芭蕉又从江户踏上去往故乡伊贺的旅程,此句是芭蕉写给送行的一众门人的告别之作。其时,暮年的芭蕉已体力不支,要靠随风摇摆的麦穗助力前行,芭蕉和门人们或许都预感到这将是诀别(是年10月,芭蕉病

逝于大阪）。句末的"かな"道出了衰弱无助的悲凉之感。

32）荞麦食尚嫩，吾用银花待贵客，踏破山路人。
（蕎麦はまだ花でもてなす山路かな）

（『続猿蓑』）

本来想用新的荞麦面条招待远道而来的客人，无奈还是荞麦开花时节，于是便想用盛开着的美丽的白色荞麦花款待客人。"山路"后的"かな"既是向风尘仆仆赶来的客人道乏，又表示作者内心对弟子到来的期盼与喜悦。

"けり"为助动词，多用于"下五"，表示咏叹和过去。

33）琵琶湖春去，吾与古人共怀抱，多少不舍意。
（行く春を近江の人と惜しみけり）

（『猿蓑』）

从"けり"可获得很多信息："近江（琵琶湖）の人"曾经不舍春之逝去；而我们也与古人心情相同，一起惋惜美好春天的离去。

34）时序转新秋，金风无声近枕处，轻轻叩耳鼓。
（秋来にけり耳を訪ねて枕の風）

（『六百番俳諧発句合』）

句中的"けり"宛如一声慨叹，道出对秋天来临的无限欣喜。这首俳句写于1677年作者34岁之时，此年芭蕉成为职业俳谐师，句中的"風"拟为"談林風"。

35）端午插菖蒲，邻家屋檐鳁鱼头，已变白骷髅。
　　（あやめ生ひけり軒の鰯のされかうべ）
　　　　　　　　　　　　　　　　　（『俳諧江戸広小路』）

句中的"けり"慨叹新生代替陈旧。日本古时有在立春前将烤沙丁鱼头插在柊树枝上挂于门旁驱邪之俗。

以上是代表性的"切字"——"や""かな""けり"的用例，下面再举一些较为常用的"切字"用例。

"け"为动词命令形，表示命令。

36）骑行旷野中，侧闻子规啼长空，快引转马颈。
　　（野を横に馬牽き向けよほととぎす）
　　　　　　　　　　　　　　　　　（『おくのほそ道』）

37）秋风瑟瑟吹，正是吾恸声声悲，陵墓摇欲坠。
　　（塚も動け我泣声は秋の風）
　　　　　　　　　　　　　　　　　（『おくのほそ道』）

这两首俳句中的"け"表示命令。37）为悼念早逝的弟子之

作,流露出作者难以控制的激烈情感。

"し"为形容词终止形,表示切割。

38)五月雨连绵,千水齐汇最上川,疾泻万重山。
(五月雨をあつめて早し最上川)
(『おくのほそ道』)

39)偏僻山村里,拜年舞队迟迟到,梅花已妖娆。
(山里は万歳遅し梅の花)
(『真蹟懐紙』)

这两首俳句中的"切字"在"中七"处。在"中七"处断句的俳句,一般季语、主题在"下五"。"し"具有切割作用,使前者与后者在意义上无关联,但也要具体情况具体分析。38)中的"し"是个轻微的切割,起断句作用,造成了一种单刀直入的语感,烘托出急流直泻的磅礴之势;39)中的"し"是强力的切割,拜年的舞队先转城里富家,春节过去大半才转到山里乡下,而这时梅花已然盛开。"万歳遅し"与"梅の花"无意义上的联系。

"ばや"为助动词,表示愿望、意志。

40)新叶翠欲滴,摘下一片轻轻地——拭去尊师泪。

（若葉して御めの雫ぬぐはばや）

　　　　　　　　　　　　　　　　　『笈の小文』

　41）秋来色斑斓，沿河览胜无暇时，后至小松川。
　　　（秋に添うて行かばや末は小松川）

　　　　　　　　　　　　　　　　　『陸奥衛』

　　40）中的"若葉"是夏的季语，意为刚生出的嫩叶，作者要用它为自己所崇拜的鉴真大和尚（像）擦去眼中的泪珠。"ばや"表示愿望。一个"ばや"道出的咏叹可以说既深沉，又缠绵，还带有一丝哀伤。41）是意欲从深川芭蕉庵沿小名木川遍览，最后到达小松川之意。

　　"なり"为助动词，表示断定。

　42）初秋落阵雨，树上躲避的猴子，也想小蓑衣。
　　　（初しぐれ猿も小蓑をほしげなり）

　　　　　　　　　　　　　　　　　『猿蓑』

　43）阔室风清爽，如居自家情憩畅，任吾坐或躺。
　　　（涼しさを我宿にしてねまる也）

　　　　　　　　　　　　　　　　　『おくのほそ道』

　　42）芭蕉在伊贺山中时突遇阵雨，穿好事先备带的蓑衣后，

偶见在树上避雨的小猴，不由脱口成句。"猿も"体现了芭蕉轻松的嬉戏；"小蓑"道出了芭蕉对小猴子的喜爱。"なり"常写作"也"，为加强语气的判断助动词，它使作者融入俳句中的感情更真实、鲜楚。43）芭蕉旅途劳顿，是日到了尾花泽，一富户招待其休憩数日，俳句中"なり"是惬意与谢意感情的强烈表露。

"せ"为动词命令形，表示命令。

44）杜鹃再叫紧，激吾无边寂寥心，恬淡一俳人。
　　（憂き我をさびしがらせよかんこ鳥）
　　　　　　　　　　　　　　　　（『嵯峨日記』）

这首俳句被认为是体现芭蕉俳句根本精神"古雅"（さび）的代表作。"恬淡"（わび）、"古雅"（さび）是日本美的真髓，它经历了一个由物质到精神、由量到质的演变过程。在平安时代，"恬淡"并非是人们所希求的东西，而是指在物质条件不能满足的情况下精神上的"清寂"（わびし），用来形容诸如飞黄腾达之路被封堵，经济上贫困、情场上失意等不得志、遭受挫折者的心情。经过中世后，出现了从"恬淡"的境况中积极地寻求愉悦、满足的倾向。在狭小的庭院与建筑物中，用带豁的碗喝着苦茶，唯其如此才算是悟到了人生的妙处。这是一种从物质的低价值中寻求精神上的高价值的代偿作用体验。这时，"恬淡"已从脱离人世间苦难的手段升华为人生应该达到的最高目的，而一切现世的价值都成了从属于其的东西。"古雅"原来的意义为"荒废""凋

落"。"清寂"（わびし）原本也不是表示理想的精神状态，与"恬淡"一样，它也经历了由负面到正面，由物质到精神的演变过程，最终具有了最高的审美与精神价值。句中的动词命令形"切字""せ"与表示命令的终助词"よ"一起表示强烈命令，可谓力重千钧，诗人借此发出呼喊：杜鹃，快让寂寥的我更加寂寥吧！这种用法，既非反语式的表达，也非自虐性的描述，而是诗人积极寻求"古雅"情趣的内心抒发。

"ぞ"为系助词，表示强调。

45）草庐易新主，适值三月列人偶，荒凉变丽都。
（草の戸も住替る代ぞひなの家）

『おくのほそ道』

这首俳句为启程上路前的作品。出游之前，芭蕉卖却破旧的草庐，移居弟子杉风所提供的采茶庵。此时恰好3月3日女儿节将至，芭蕉想新主人一定会摆起很多人偶。时光流逝，旧去新来，芭蕉不由生出许多感慨。俳句中的"草の戸"指简陋的房子；"代"不是指时代，而是指时节；"雛"（ひな）为季语，示春天。前面说过，"切字"在"中七"处的俳句，一般季语、主题在"下五"，这首俳句也是如此。以"ぞ"断句，表示强调，使得前后形成鲜明的对比，道出了芭蕉对世事沧桑的慨叹。

"いかに"为副词，表示省略。

46）弃儿恸秋风，昔日听猿众诗圣，尔等何感情？
　　（猿を聞く人捨て子に秋の風いかに）
　　　　　　　　　　　　　　　　　　　『野ざらし紀行』

旅途中行至富士川畔，闻秋风中一弃儿哀哭不止，作者想到了将猿声入诗的杜甫（《秋兴八首》"听猿实下三声泪"）等中国诗人。"いかに"的作用是省略了谓语。

下面是一个有争议的例子：

47）湖面雾蒙蒙，岸边辛崎松影浓，趣胜后山樱。
　　（辛崎の松は花より朧にて）
　　　　　　　　　　　　　　　　　　　『野ざらし紀行』

据《去来抄》（芭蕉逝后，其弟子向井去来所著俳论书）载，对芭蕉的这首名句，伏见的俳人批评说，以"にて"结句起不到"切断"作用，因而难为"発句"。对此，其角辩解说，"にて"与"かな"可通用，这首俳句用"かな"会造成一种紧迫的句调，而用"にて"则变得舒缓。吕丸虽然同意其角的意见，但说此句不是"発句"，而是"第三句"。去来则认为，此句非"第三句"，还是"発句"。因为如若是"第三句"，就意味着有来自"発句""脇句"的创意，有做作之嫌。如果是经过思考后所作，俳句的价值就会降至次等。对以上见解，芭蕉均不认可，他说："吾之所想只是松之朦胧情趣胜过樱花而已。"由此可见，俳句的"切断"有时要由意义划定。

以上，通过具体作品对"切字"（切断）的作用以及由其引申出的余韵进行了分析，似乎没有直接涉及翻译。但其实，翻译"切字"（切断）最重要的是理解，真正理解之后，要把它的余韵体现在译文的整体之中。

如果从20世纪20年代"小诗运动"时介绍日本俳句算起，俳句的翻译和研究至今已近百年。其间，特别是改革开放以来，俳句的翻译及研究出现了欣欣向荣的景象，并且催生出了汉语新诗体——汉俳。俳句深受中国文学影响，又反之影响了中国文学，热切期盼对它的翻译、介绍及研究迎来更加灿烂的春天。

是为记。

二〇二〇年重五于大连